Die Akrobatin als Domina

Autor Stephan Skant

AF140814

Einleitung

Der verweichlichte Informatikstudent Paul hat es satt von seiner peinlichen hysterischen Mutter wie ein zerbrechliches Kleinkind behandelt zu werden und möchte ein richtiger Mann werden. In der wilden Kunstturnerin Maria scheint er die perfekte Traumfrau gefunden zu haben. Nur blöd, dass sie die Tochter von Pauls ehemaligen proletenhaften Sportlehrer Thomas ist. Paul und Maria wollen ihre Liebe von niemanden zerstören lassen. Paul ist jedoch schockiert als er von Marias Interesse für Sado-Maso mit Fetisch erfährt. Er erklärt sich bereit sich ihrer Dominanz und intensiven Weiblichkeit auszuliefern. Doch will er es auf Dauer so haben, oder ist seine plötzliche Domina zu hart für ihn? Eine fesselnde Erotikgeschichte über eine starke Frau, die einen schwachen Mann bis an seine Grenzen dominiert, quält, demütigt, aber auch erotisch verwöhnt.

Pauls Liebe

Ein junger Mann namens Paul wacht um neun Uhr in München auf. Paul studiert Informatik und bereitet sich wie gewöhnlich auf einen Tag an der Universität vor. Er ist gerade im vorletzten Semester seines Masterstudiums. Während seines Informatikstudiums hört er sich Präsentationen über den fortgeschrittenen Umgang mit dem Computer an. Er führt dann auch praktische Arbeiten im Informatiksaal durch. Paul ist eigentlich ein guter Informatiker. Aber beim Masterstudium bekommt er gerade Schwierigkeiten. In der Schule hat er in Sprachen und Geographie auch schon Schwierigkeiten gehabt. Besser ist es hingegen in Mathematik, Informatik und Naturwissenschaften gelaufen.

Paul und seine Eltern essen zum Frühstück ein paar Semmeln mit Butteraufstrich. Darüber können dann Wurstblätter, Käsescheiben, Marmelade oder sonst was sein. Zum Trinken gibt es Kaffee, Kakao, Fruchtsaft oder Limonade. Was Paul aber nicht so sehr passt, ist von seinen Eltern Hans und der schönen Linda manchmal mit Burli, Bärchen oder sonst einer kindischen Bezeichnung angeredet zu werden. Das erlebt er fast täglich. Seine früheren Mitschüler und Mitwehrdiener bei der Bundeswehr haben davon Wind bekommen. Sie haben sich deswegen manchmal über ihn lustig gemacht.

Aber abgesehen davon versteht er sich meistens mit seinen Eltern gut. Sein Vater Hans ist Banker und seine Mutter Linda ist Lehrerin. Sie unterrichtet Deutsch und Geschichte an dem Gymnasium, an dem Paul früher einmal Schüler war. Er lebt mit seiner Familie in einer schönen Wohnung. Es gibt keinerlei finanzielle Probleme. Seine Familie gönnt sich manchmal einen Urlaub in einem noblen Hotel. Seine Mutter hat ihn oft dabei unterstützt, in den Sprachen weiterzukommen. Sein Vater hingegen hat ihm Hilfestellung in Geographie gegeben. Manchmal auch in Mathematik und Naturwissenschaften.

Nach dem Frühstück putzt sich Paul seine Zähne. Um 20 nach 9 zieht der junge Mann seine Schuhe an. Allerdings ist er wieder einmal zu bequem, um sich zu frisieren. Als er die Wohnung verlässt, kommt Linda schnell nach und kämmt seine Haare.

Sie sagt, <<Bärchen, ich muss dich frisieren, bevor du gehst. Jetzt siehst du prächtig aus.>> Weiters schaut auch Nachbar Fritz hinüber und lächelt. Paul schaut beschämt zu ihm und dreht seinen Kopf weg. Anschließend bekommt er von Linda einen Kuss auf die Wange und geht dann mit erhöhtem Tempo zur Bushaltestelle.

Als er eine Minute vor der Haltestelle steht, stellt sich eine hübsche junge Frau hin und trinkt aus ihrer Flasche.

Paul hat diese Frau schon öfters die Straße entlang joggen gesehen. Diesmal hat sie einen weißen Rock statt einer kurzen schwarzen Trainingshose an. Paul beobachtet ihr

Gesicht, ihre Brüste, ihren muskulösen Bauch und ihre muskulösen Arme genau, während sie aus ihrer Flasche trinkt. Er ist sofort fasziniert, aber auch nervös.

Als die sportliche Dame mit dem Trinken fertig ist, sagt er <<Hallo, mein Name ist Paul und wie heißt du?>> Sie schaut zu Paul hinüber. <<Ich heiße Maria.>> Paul antwortet, <<Du siehst wunderschön und auch sehr muskulös aus. Das wirkt alles so wundervoll.>> <<Danke, ich finde, dass du auch ein nettes Gesicht hast.>> Paul antwortet, <<Ich würde dich gerne etwas näher kennenlernen. Kann ich bitte deine Handynummer haben?>> <<Tut mir leid, aber ich weiß meine Nummer nicht.>> <<Dann kannst du mir doch stattdessen deine Emailadresse geben>> Maria setzt kurz aus und antwortet, <<Ähm, weißt du was? Wir können uns ja ein anderes Mal wiedersehen. Okay? Tschüss.>> Paul erwidert, <<Okay, tschüss.>>

Paul ist angespannt und erfreut. Eine weitere Minute später ist der Bus da und er steigt ein. Während der Fahrt hat Paul die ganze Zeit einen ordentlichen Ständer. Dieser hält aufgrund großer Hoffnung langzeitig an. Die Chemiestudentin Iris ist die Einzige, mit der Paul bisher Sex gehabt hat und zwar sechs Mal. Der letzte Sex fand aber vor vier Monaten statt.

Danach war Paul intensiv mit Videospielen und Studium beschäftigt. Inzwischen hat Paul auch ein paar Schönheiten kennengelernt, die er aber nicht zu einer Beziehung überreden konnte. Sie wichen ihm immer wieder aus. Eigentlich wollte Paul schon fast eine feste Beziehung zu Iris aufbauen, denn sie sieht auch nicht gerade unattraktiv aus. Mit Iris kann man auch schon recht zufrieden sein und auf den ersten Blick ist es mit ihr sonst auch angenehm. Das mit Iris sollte ja eh noch nichts Ernstes sein, weil da war nicht so viel los oder? Maria hat sich zwar freundlich verhalten und hat Paul auch attraktiv gefunden, aber es ist gar nicht so sicher, ob sie deswegen Pauls Freundin werden will. Vor allem könnte es zum Problem werden, da Paul so ein unsportlicher Nerd ist.

Die erste Vorlesung findet um 10 Uhr statt. Der Professor zeigt den Ablauf einer Bearbeitung am Computer. Während der Präsentation ist Paul unkonzentriert. Er macht sich Gedanken über das erneute Treffen mit Maria. Er stellt sich schöne Erlebnisse mit ihr vor. *Wie soll ich mich denn ihr gegenüber verhalten? Ich glaube, ich werde ihr eine Rose vorbeibringen und wieder ganz nett sein. Ich bin schon so gespannt, ob das was mit uns wird, denn sie ist so heiß und auch noch so athletisch. Aber wahrscheinlich will sie auch einen sportlichen Typen haben.*

Nach der Präsentation kennt sich Paul nicht so gut aus. Er stellt seinem Informatikprofessor ein paar Fragen. Paul kennt sich zwar schon besser aus, allerdings ist der Universitätslehrer wegen Pauls geistiger Abwesenheit verärgert. Paul denkt, *Jetzt reiß dich zusammen. Ich kann mich doch jetzt nicht von sowas ablenken lassen. Darum werde ich mich später kümmern.* Er reißt sich zusammen und erledigt nun seine Arbeit nach der Vorführung ordentlich und rechtzeitig. Er arbeitet in den späteren

Vorlesungsstunden ebenfalls etwas unkonzentriert und stellt ein paar Mal erneut Fragen wegen seiner Ahnungslosigkeit.

Um 16 Uhr ist Paul froh, dass die Uni endlich vorbei ist. Nun kann er sich endlich wieder anderen Gedanken widmen. Der Student erhofft sich, seine Geliebte morgen erneut zu treffen. Als er zu Hause ankommt, hat seine Mutter Spaghetti gekocht. Es ist Pauls Leibgericht. Während des Familienessens beschwert sich Mutter Linda wieder mal über ungezogene Schüler. Es gibt vor allem unter den Unterstufenschülern Schlägereien, Mobbing, Geschrei und rumliegenden Müll. Aber neulich haben sich welche in einer achten Schulstufe als Anhänger von Adolf Hitler präsentiert. Ein Anhänger von rechten Parteien zu sein ist noch okay. Aber Lindas Schüler haben tatsächlich den Vorurteilen, die gegen Juden im 2.Weltkrieg gemacht wurden, zugestimmt. Im Geschichtsunterricht hat ein Schüler gemeint, dass er nicht in der Öffentlichkeit, sondern in der Wildnis mit seinen Freunden campen und Nazivorträge halten wird.

Für so einen Kommentar wurde er von der Geschichtslehrerin Linda beschimpft und aus der Klasse geschmissen.

Paul grinst, während sich Mutter Linda darüber aufregt. Linda fragt Paul, <<Was ist denn daran so witzig?>> Paul antwortet, <<Ich finde das eben verrückt, dass welche ein geheimes Nazicamp eröffnen wollen.>> Seine Mutter erwidert etwas verärgert, <<An dem ist nichts lustig.

Weißt du denn nicht, was das NS-Regime früher mal alles an Grausamkeiten getan hat?>> <<Ich denke, die waren ziemlich sensibel gegenüber Leuten, die irgendwie abstoßend, faul und unordentlich wirkten.>>

<<Aber das rechtfertigt doch nicht gleich Diskriminierung, Auslöschung und Sterilisierung. Solche Dinge sind so richtig abstoßend!>>

Darauf antwortet Paul, <<Also okay, die Nazis waren sowieso viel zu hart. Sie haben es übertrieben. Deine Schüler sind richtige Idioten. Aber eigentlich ist es in der Schule schon lustiger zugegangen als auf der Uni, weil jetzt auf der Uni ist man eben braver und langweiliger.>> Mutter Linda sagt darauf, <<Ja, das ist auch gut so.>> <<In der Schule hingegen kann man die verrückten Kleinen beobachten.>>

Vater Hans mischt sich ein, <<Du hast dich aber auch manchmal über das Mobbing beschwert, das dir angetan wurde und jetzt ärgerst du dich auf einmal, wie langweilig die braven Studenten sind.>>

Nun erzählt Banker Hans etwas über seinen Arbeitstag. Dort geht es allerdings ruhig zu. Es geht wiedermal um Zinsen und Verträge.

Nach dem Essen geht Paul in sein Zimmer. *Ach, wäre das schön mit ihr herumzuknutschen und zu kuscheln. Wenn sie so fit ist, dann könnte dieser Engel mich auch gut beschützen. Mit ihrem Röckchen sieht sie auch total sexy aus. Sie könnte mich festhalten, wenn mir das Ganze zu wild wird, damit es aus der intensiven Erotik und starken sexuellen Erregung kein Entkommen mehr gibt.* Paul ist wieder ganz aufgeregt. Im Bett kann er sich nun besser entspannen, während er sich Gedanken über die Zukunft mit ihr macht. Danach denkt er über das nach, was in Informatik besprochen wurde. Allerdings ist er etwas abgelenkt wegen der sexuellen Aufregung. Anschließend spielt der Student auf seinem Laptop irgendein mittelalterliches Strategiespiel. Dort ist er nun konzentrierter als auf der Uni.

Paul verbringt unter der Woche oft mehr als zwei Stunden am Tag mit Computerspielen. Am Wochenende sind es sogar mehr als vier Stunden täglich. Oft spielt er auch Multiplayer-Challenger gegen seine Freunde oder ist auf Besuch bei ihnen. Nebenbei sieht er auch so wie seine Eltern gerne fern. Oft spielt auch Vater Hans Videospiele. Aber Mutter Linda macht sowas eher selten. Sie liest hauptsächlich Bücher. Paul liest fast immer nur dann etwas, wenn es was für die Uni ist, oder wenn er nachsieht, was es im Fernsehen zu sehen gibt.

Als Paul nachts zu Bett geht, macht er sich wieder Gedanken über Maria. Durch seine Müdigkeit wird die sexuelle Erregung noch stärker. Er stellt sich dabei vor, von ihr zu Bett getragen zu werden. Diesmal bekommt er sogar einen Samenerguss und schläft phantastisch.

Am nächsten Morgen macht er einen guten Start in den Tag. Er schlingt schnell das Frühstück runter.

Linda fragt Paul, <<Warum hast du es heute so eilig?>>
Paul antwortet, <<Muss heute etwas früher an der Uni
sein.>> Dann rennt Paul zur Haltestelle. Als er seit 10
Minuten vor der Bushaltestelle steht, sieht er wie Maria
auf ihn zu läuft. Sie trägt wieder den weißen Rock. Als sie
in seine Nähe kommt, ruft Paul, <<Hallo! Hättest du Lust
mit mir abends essen zu gehen?>> Maria bleibt stehen
und antwortet, <<jetzt schon? Du hast es aber eilig.>>
<<Ich habe vor, dir ein romantisches Geschenk
vorbeizubringen, weil du so ein wunderschöner Engel
bist, den ich so sehr verehre.>> <<Oh, wie schön,
Danke>> <<Sollen wir uns heute Abend näher
kennenlernen?>> Maria setzt kurz aus und antwortet,
<<Na gut, wo und wann?>>

Paul vereinbart mit Maria ein Treffen ab 18 Uhr in einem
Restaurant. Dem Informatikstudenten fällt ein Stein vom
Herzen. Danach steigt Paul erfreut in den Bus ein. Heute
ist Paul schon wieder aufgeregt. Aber er kann sich diesmal
besser auf den Unterricht konzentrieren.

Für Paul ist in Informatik insbesondere das
Programmieren interessant, weil er gerne Formeln
zusammenstellt und auch gerne Strukturen aufbaut. Auch
die Datenbankadministration interessiert ihn sehr, weil er
sich auch für die Ordnung und Verzweigung von
Datensätzen interessiert. Da er bereits den Bachelor in
Informatik hat, scheint er auch schon gute
Zukunftsaussichten in der IT-Branche zu haben und
könnte gut verdienen.

Als der Student wieder zu Hause ist, erzählt er seinen Eltern von Maria. <<Ich habe ein hübsches Mädchen kennengelernt, das mit mir essen gehen will. Ich bräuchte für sie auch eine rote Rose.>> Linda antwortet, <<Ich habe jetzt aber schon Fisch mit Reis gekocht.>> Paul darauf, <<Wäre es okay, wenn ihr das für mich essen würdet?>> Linda erwidert, <<Nein, das isst du jetzt weg!>>

Paul isst die Hälfte vom Mittagessen und bittet seine Eltern darum, den Rest zu essen. Die Eltern willigen doch noch ein, Pauls restliches Essen zu verzehren.

Anschließend fährt Paul mit seinem Fahrrad ins Blumengeschäft. Als er dort angekommen ist, sieht er bereits eine gut riechende schöne rote Rose. Er nimmt sie mit und präsentiert sie seinen Eltern.

Danach zockt der Student wieder einmal vor dem Laptop herum. Um 20 vor 18 Uhr nimmt er die Rose mit und bricht mit dem Fahrrad auf.

Im Restaurant sieht Paul die geschminkte Maria im kurzen roten Kleid mit Ausschnitt an einem Tisch. Ihre Brüste sehen durch den Ausschnitt aus wie Pobacken. Da Maria aber wegen ihrer Fitness etwas auseinander stehende flachere Brüste hat, ist die Brustritze auch nicht so lang, wenn ihr Kleid_ihre Brüste zusammendrückt. Er setzt sich zu ihr und überreicht ihr die Rose. Die Rose ist rot wie Marias Lippen. Maria riecht wegen ihrem Parfüm nach Erdbeere passend zu ihren Lippen.

Paul sagt zu ihr, <<Ich habe mir gedacht, da du so ein wunderschöner muskulöser Kampfengel bist, möchte ich dir diese Rose zu schenken.>> Maria freut sich, bedankt sich und nimmt die Rose an. Paul ist nervös und fragt, <<Warst du im Himmel bei der Militäreinheit der Kampfengel mit dabei?>> Maria lächelt und sagt, <<Ja, kann sein.>> <<Du bist dir also nicht so sicher?>> <<Doch, ich war mit dabei. Jetzt bin ich unten auf der Erde.>> <<Aber wieso den jetzt in so einem minderwertigen Reich wie Erde?>> Maria setzt kurz aus und antwortet, <<Ach, ich wollte nur mal diesen Ort kennenlernen. Ist auch schön und abwechslungsreich. Die Blumen gefallen mir auch. Die Frage ist nur, was noch übrig bleiben wird nach dem Klimawandel.>>

Paul sagt, <<Ist schon blöd, dass du keine Engelflügel mehr hast, um wieder zurück in den Himmel zu fliegen, falls dann die vielen Wirbelstürme und schweren Regenfälle zu häufig werden wegen Donald Trump.>>

<<Du bist wirklich lieb. Ich habe noch nie so einen charmanten Mann kennengelernt.>> Maria setzt kurz aus und sagt, <<Ich habe mal in einer Dokumentation gehört, dass wegen dem Klimawandel südliche Pflanzen sich nach Norden umsiedeln. Sollten wegen der Klimaerwärmung neue Pflanzen entstehen, nennt man diese Trumppflanzen.>> Paul lächelt und sagt <<klingt ja passend. Was sind deine Hobbys?>>   <<Ich betreibe, wie man sehen kann, sehr viel Sport. Laufen, Gymnastik und Dehnübungen betreibe ich, um als Zirkusakrobatin

richtig fit zu sein.>> <<klingt ja wirklich super. Ich finde Kunstturnen sehr interessant.>> Ein Kellner fragt, was die beiden trinken wollen und die beiden Gäste bestellen sich was zum Trinken. Paul fragt Maria, <<Was hast du sonst noch für welche Hobbys?>> <<Ach, ich sehe manchmal auch gerne Fernsehen, lese Bücher und treffe mich mit Freunden und du?>> <<Ich sehe gerne Fernsehen, spiele Videospiele und treffe mich mit Freunden.>> <<Was machst du beruflich?>> <<Ich habe keinen Beruf. Aber ich studiere Informatik im vorletzten Semester vom Master.>> Der Kellner bringt den beiden Gästen die Getränke.

Paul sagt, <<In der Informatik interessiert mich vor allem das Programmieren und die Datenbankadministration. Da werden Formeln zusammengestellt. Auch die ganze Struktur ist für mich interessant. Mathematik hat mich auch immer schon interessiert. Vor allem geht es beim Programmieren viel um Algebra.>>

<<Gerade Algebra ist das, was mich in Mathematik stört. Aber du scheinst wirklich clever zu sein.>> Maria setzt kurz aus, <<betreibst du auch Sport?>> Paul wird nervös, weil er seit seinem Wehrdienst kaum mehr Sport betrieben hat. In der Schule und beim Wehrdienst war er immer einer der Unfittesten. Beim Laufen auf langer Distanz konnten ihn sogar alle dicken Mädchen abhängen, weil Paul sich in seiner Freizeit kaum bewegt und deswegen eine miese Kondition hat. Mit seinen Eltern geht Paul manchmal für lange Zeit Spazieren. Aber

Paul findet sowas öde. Manchmal muss er sogar Wandern gehen. Aber Schwimmen am Meer oder in einem Schwimmbad macht ihm Spaß. Skiurlaube mit seinen Eltern sind für ihn auch anstrengend. Auf der schwarzen Piste müssen Paul und Mutter Linda immer langsam und vorsichtig fahren, um nicht auf dem eisigen Schnee zu stürzen. Für Vater Hans ist es dort nicht so schlimm, weil er kräftigere Beine hat. In der Volksschule hatte Paul noch eine Eins im Sport. Das ging dann aber runter bis zur Note Befriedigend, weil er im Gymnasium nur noch vor dem Computer und Fernseher war statt draußen am Spielplatz. Er konnte keine richtigen Liegestütze und Situps mehr machen. Aber er hat wenigstens am Turnunterricht jedes Mal teilgenommen. Bevor es zur Bundeswehr ging, hatte Papa Hans seinem Sohn geraten, sich dementsprechend mit Sport vorzubereiten, um beim Unteroffizier nicht so einen schlechten Eindruck zu vermitteln.

Bei der Bundeswehr konnte er aber immer noch keine richtigen Liegestütze und Situps machen und hatte immer noch schlechte Kondition. Deswegen wurde er dort auch von seinem Unteroffizier, von ein paar Mitrekruten gehänselt und musste oft saubermachen. Dafür wurde er dort körperlich weiter trainiert und kann nun zumindest zwei richtige Liegestütze.

Aber nun behauptet Paul, <<In meiner Freizeit gehe ich manchmal auch laufen, ich gehe auch gerne mit meiner Familie wandern und schwimmen. Ich mache auch öfters

ein Workout, um mich richtig fit zu halten.>> <<Wie sieht denn dein Trainingsplan aus?>>

Paul setzt kurz aus und antwortet, <<Ich mache zwei Mal in der Woche 20 Liegestütze mit 5 Klimmzügen und 30 Situps. Sonst gehe ich drei Mal die Woche 2 Stunden laufen. Man muss sich eben auch fit halten, wenn man sonst immer so viel vor dem Fernseher und Computer sitzt.>>

<<Da hast du recht, aber ich betreibe sechsmal die Woche Sport und mache 40 Klimmzüge und 150 Situps an manchen Tagen. Ich gehe manchmal drei Stunden laufen. Eigentlich sollte man an anderen Tagen andere Muskeln weitertrainieren und nicht jeden Tag dasselbe Training machen.>> <<Das ist wirklich ein Wahnsinn!>> <<Zeige mir mal deinen Bizeps.>> Der Student spannt nun seinen Arm an und man kann kaum etwas erkennen. Die Kunstturnerin Maria tastet seinen Arm ab. Maria antwortet, <<Das ist nicht beeindruckend. Schaffst du damit wirklich 5 Klimmzüge und 20 Liegestütze?>> Paul setzt kurz aus und sagt, <<Nein.>> Danach antwortet er aufgeregt, <<Aber ich werde ein richtiger Athlet werden. Hättest du Lust, mich zu trainieren?>> <<Wie viele Liegestütze kannst du wirklich?>> <<Nur zwei.>>

Maria lacht und sagt, <<Poor, das ist echt wenig. Da haben wir wirklich noch viel Arbeit vor uns. Was hältst du davon, wenn wir am Wochenende erstmal einen Wanderausflug machen?>> Paul schaut etwas entsetzt und sagt, <<Ach, okay.>> <<Und zwar in ländlicher Tracht.

Ich werde ein Dirndl tragen und du eine Lederhose.>> Aber Paul antwortet darauf, <<Ich habe sowas aber nicht.>> <<Dann wirst du sowas kaufen.>> <<werde ich machen. Zeige mir mal deinen Bizeps.>> Maria spannt ihren Arm an. Paul ist beeindruckt und tastet ihren Arm ab. Maria lächelt etwas nervös und Paul fühlt sich dabei sexuell erregt. Er schaut nebenbei auf Marias Brüste. Paul ist darüber, dass Maria gleich mit einem Dirndl mit ihm wandern gehen will, positiv überrascht. Maria wirkt auf Paul freundlich, unternehmungslustig und ist auch nicht sexuell prüde. Sie scheint eine echte Traumfrau zu sein. Aber er bekommt vor lauter Aufregung, dass das Ganze doch noch den Bach runtergehen kann, Herzrasen. Das Herzrasen hängt auch mit der Vorfreude auf eine Beziehung zusammen.

Paul schlägt vor, <<Meine Familie geht mit mir jedes Jahr auf das Oktoberfest. Eigentlich hatte ich sowas mit dir geplant.>> <<Das können wir gerne machen. Ich gehe dort auch mit meiner Familie jedes Mal hin. Ich würde sagen: Samstag Wandern und Sonntag Oktoberfest.>> <<abgemacht.>> Paul erhofft sich wenigstens mit seinen IT-Kenntnissen gut bei Maria anzukommen, wenn er sich beim Wandern als Katastrophe herausstellt. Als Informatiker verdient man schließlich gut, und so hat man auch bessere Chancen, bei schönen Sportlerinnen gut anzukommen. Maria scheint aber immer noch auf ihn geduldig und zufrieden zu wirken, so als ob sie immer noch neugierig wäre. *So ein Informatiker wird wahrscheinlich viel verdienen. Dieser Kerl sieht auch gar nicht übel aus. Schon*

*irgendwie süß und witzig dieser Typ. Ich hätte da auch schon
eine Vorstellung, wie ich mein Leben mit ihm planen werde. Das
könnte ihm sehr gefallen.*

Nach dem Essen vereinbaren beide, dass Maria sich am
Abend bei Pauls Eltern treffen soll. Als Paul und Maria sich
von den Sesseln aufrichten und rausgehen, sieht Paul bei
Maria schwarze Lacklederstiefel ohne Absätze. Maria ist
auch mit dem Fahrrad ins Gasthaus gefahren. Beide
fahren mit den Fahrrädern zu Pauls Eltern. Paul schreit,
<<Kannst du etwas langsamer fahren?>> Maria
antwortet, <<Ist okay!>> Paul läutet an der Tür, und die
hübsche Mutter Linda öffnet sie. Linda fragt, <<Wen hast
du denn mitgebracht?>> Paul antwortet, <<darf ich
vorstellen? Das ist Maria. Wir haben uns vor kurzem
kennengelernt.>> Maria lächelt und sagt, <<Hey. Darf ich
reinkommen?>> Linda antwortet, <<Okay.>> Maria
betritt die Wohnung und sagt, <<sieht nett aus.>> Vater
Hans kommt und ruft, <<Poor, was bist du für ein
wunderschöner Engel, der direkt vom Himmel zu uns
geflogen ist. Schönes Kleid übrigens.>> Er nimmt Marias
Hand und küsst sie auf ihren Handrücken. Ihr Anblick
erregt Pauls Vater sexuell. Maria antwortet, <<Danke, das
charmante Verhalten hast du wohl von deinem Vater
geerbt.>> Linda schaut etwas eifersüchtig und Hans fragt,
<<Wie fit du aussiehst. Studierst du Sport?>> Maria
antwortet, <<Nein, aber ich bin Zirkusakrobatin.>> <<Das
ist ja ein Ding. Wo habt ihr euch kennengelernt?>> <<Wir
haben uns auf einer Bushaltestelle kennengelernt.>>
<<Also, solche Wahnsinnsfrauen trifft man wohl

überall.>> Maria lächelt. Linda mischt sich ein, <<Du hast wohl vor, deinem Sohn die Freundin wegzunehmen.>> Hans antwortet, <<so ein Quatsch, auf solche alten Kerle wie mich lässt sie sich doch gar nicht ein.>>

Maria antwortet, <<Wir kennen uns erst seit gestern. Wir sind noch nicht zusammen.>> Linda sagt zu Maria, <<Dann hat mein Mann eh noch gute Chancen, dein Herz zu erobern, wenn du noch gar nicht richtig mit meinem Sohn zusammen bist.>> Hans ruft zu Linda, <<Jetzt lass mal endlich deine Eifersüchteleien. Ich bin doch nur freundlich.>> Linda darauf, <<Ich erlebe das oft genug, wie du mit anderen Frauen flirtest, und dir ist das wohl völlig egal, was deren Männer dabei denken.>>

Hans antwortet, <<echt peinlich, wie du dich aufführst. Du musst immer so eine miese Stimmung machen mit deiner Eifersucht. Außerdem flirtest du auch manchmal mit anderen Männern.>>

Maria schaut sich in der Zwischenzeit in der Wohnung um. Sie ist eleganter und größer als die Wohnung, wo Maria mit ihrem Papa zu Hause ist. Die Wohnung von Hans und Linda beinhaltet auch ein paar teure Gemälde. Maria erzählt, <<Ich habe vor, mit eurem Sohn am Samstag Wandern zu gehen.>> Hans fragt seinen Sohn Paul überrascht, <<Willst du das wirklich?>> Paul darauf, <<Ja.>> Hans antwortet, <<Das ist ja super, dass du endlich selber eine Wandertour unternehmen willst.>> Maria erzählt, <<Euer Sohn möchte Athlet werden.>>

Hans sagt zu Paul, <<Das ist unglaublich, was du dir für welche Ziele setzt.>>

Linda schaut schockiert und sagt, <<Ich will nicht, dass mein Schätzchen mit Hochleistungssport gequält wird. Außerdem haben wir schon geplant, zum Oktoberfest zu gehen.>>

Maria antwortet, <<Das würde auch am Sonntag gehen. Außerdem werden wir das mit Sport Schritt für Schritt angehen. Er wird sich daran gewöhnen.>> Linda ruft, <<Ich will sowas nicht. Lass ihn in Ruhe.>> Paul schaut seine Mutter verärgert an.

Hans erwidert, <<Paul kann doch selber entscheiden, was er aus sich macht. Er kann jederzeit aufhören, wenn es ihm zu unangenehm wird. Außerdem ist Sport auch gesund. Du solltest dich lieber freuen, dass er endlich mal wieder damit anfängt.>>

Linda sagt zu Maria, <<Ich habe keine Freude damit, dass du meinen Sohn solchen masochistischen Praktiken unterziehst. Er soll nur leichte Fitnesseinheiten machen und nicht schon wieder sowas wie damals bei der Bundeswehr.>>

Paul ist verärgert über das Verhalten seiner Mutter gegenüber der Frau, die er gerade erst kennengelernt hat. Er würde seine peinliche Mutter dafür hassen, wenn sie die Maria damit wegschreit, dass Paul irgend so ein Burli wäre, dass man immer verschonen sollte. So etwas ist total uncool. Für Maria ist aber Pauls peinliche Mutter amüsant. Auch wenn sie wieder mal grantig ist und sich unfreundlich präsentiert.

Paul ruft zu seiner Mutter, <<Jetzt beruhig dich doch mal endlich. Wenn Frauen sich Hochleistungssport antun, dann wird es doch wohl nicht so schlimm sein, wenn damit auch Männer gequält werden.>> Darauf die Mutter, <<Aber doch nicht mein Burli. Ach, ich hoffe, du wirst bald mit so einem Blödsinn aufhören.>> Paul sagt verärgert zu Maria, <<Tut mir wirklich leid, dass meine Mutter so peinlich ist.>> Maria antwortet, <<Ist schon okay. Ich finde, dass sie lustig ist.>>

Maria geht die Treppe hoch und betritt Pauls Schlafzimmer. Es befindet sich neben dem Schlafzimmer von Hans und Linda. Maria sieht sich um. Sie entdeckt ein Poster von einem Ferrari, einem Hund. Auch ein paar Spielzeugautos und Bücher, die schon seit einigen Jahren unbenutzt sind, im Gegensatz zu seinen Videospielen. Die Softgun wird in letzter Zeit nur selten benutzt. Maria sagt, <<Du hast aber viele Videospiele. Oh und dann auch eine Waffe, um für die Bundeswehr zu trainieren.>> Paul antwortet, <<Diese Softgun brauche ich, um mich auf den 3.Weltkrieg vorzubereiten.>> <<Dann musst du aber auch an deiner körperlichen Fitness arbeiten. Nicht dass dich sonst der Feind einholt und niederschießt. Der Freund meiner Schwester hat auch so ein Ding. Allerdings ist er auch sehr fit und auf alles bestens vorbereitet.>> <<Wäre es okay, wenn ich dich dann auch besuche?>> <<Können

wir gerne machen.>> <<Wäre es morgen okay?>> Maria setzt kurz aus und sagt, <<Ja.>>

Maria schaut sich Pauls Videospiele an. Als Maria gehen will, schlägt Hans vor, <<Hättest du Lust, mit mir gemeinsam das Match Bayern München gegen Schalke 04 anzuschauen?>>

Maria antwortet, <<Das möchte ich mir schon anschauen. Aber zu Hause mit meinem Vater.>> Danach verabschiedet sich Maria von Pauls Familie. Vater Hans gibt ihr auf beiden Wangen einen Kuss und sagt, <<Es war uns eine große Ehre, dass du hier warst.>> Maria antwortet, <<Es hat mich gefreut.>>

Paul verabschiedet sich ebenfalls, und Linda schaut nur grantig, weil Hans sich Maria gegenüber auch noch so nett verhält und sie sogar bewundert dafür, dass Maria Paul angeblich schrecklichen Praktiken wie Sport unterziehen will. Danach fährt Maria mit ihrem Rad nach Hause zu ihrem Vater. Paul hat ein komisches Gefühl dabei, dass sein Vater ihr gegenüber so zudringlich gewesen ist und Paul hingegen sich normal verabschiedet hat, ohne sich selber auch so liebevoll von ihr zu verabschieden. Er nimmt sich vor, beim nächsten Treffen nicht mehr so zurückhaltend zu sein. Schließlich sollte nicht Hans, sondern Paul eine Liebesbeziehung zu Maria aufbauen. Aber immerhin könnte Hans mit seinem Verhalten gegenüber Maria, ihr Interesse an Paul retten, wenn Linda Unruhe reinbringt. Was daraus wohl wird?

Pauls Vater Hans und Marias Vater Thomas schauen sich beide das Fußballmatch Schalke 04 gegen Bayern München an und trinken nebenbei Bier. Im Gegensatz zu Hans hat Thomas allerdings keine Frau mehr. Marias Mutter hat sich von Thomas getrennt, weil sie draufgekommen ist, dass er mit anderen Frauen gevögelt hat. Sie hatte auch ein Problem damit, dass er oft betrunken war. Thomas ging fremd, weil Marias Mutter mit ihm zu selten Sex haben wollte. Manchmal hat er sie nachher sexuell belästigt. Trotzdem wohnt jetzt Maria lieber bei ihrem Vater, weil er nicht so prüde ist und wegen der gemeinsamen Begeisterung für Sport. Maria holt seinem Vater sogar manchmal so oft das Bier aus dem Kühlschrank, bis er betrunken ist. Sie findet es etwas lustig, wenn ihr Vater betrunken ist. Auch wenn er seine Tochter Maria nebenbei anglotzt. Maria würde es sogar gefallen, wenn ihr eigener Vater sie bespannen würde. Thomas ruft, <<Wir sind schon gespannt, ob unser Team wieder einen Sieg gegen Schalke holt.>> Maria antwortet, <<Das wäre auch passend, weil wir dann am Sonntag zum Oktoberfest hingehen.>>

<<Ja und weil Schalke hoffentlich wieder mal gegen uns versagen wird, werden wird dann den Sieg beim Oktoberfest auch mit einem ordentlichen Bier feiern.>> <<Das wird nicht so einfach, da Schalke auch eine gute Mannschaft ist. Wir haben aber zum Glück auch den David Alaba mit dabei, damit unsere Erfolgschancen auch größer sind.>>

<<Ach, wir würden sowieso auch ohne ihn gewinnen. Wir haben auch andere gute Spieler in unserem Team.>> Maria ist wegen dem rassistischen Verhalten von Vater Thomas wiedermal etwas verärgert. Maria antwortet, <<Was soll das schon wieder? Du solltest doch froh sein, dass wir ihn in unserem Team haben.>> <<Jaa, ist schon gut.>>

<<Wahrscheinlich wirst du schon wieder ins FPD Bierzelt gehen, um dort gemeinsam mit diesen bescheuerten Politikern gegen solche Schwarze wie David Alaba zu schimpfen. Ich finde es auch unpassend, dass du diese Partei wählst, wenn David Alaba so viel für unser Team getan hat.>> <<Ist schon gut, ich möchte mir jetzt in Ruhe dieses Match anschauen.>>

Maria setzt sich nun neben ihrem Vater hin und liest ein Buch. Nach 45 Minuten Spielzeit ist nun Spielpause. Thomas sagt, <<Maria?>> Maria liest einen Absatz ihres Buches fertig und antwortet, <<Ja?>> <<Eigentlich bin ich schon ein Fan von David Alaba. Ich bin nicht gegen ihn, nur weil ich die FPD wähle.>> <<Aber will die FPD nicht erreichen, dass Leute wie er abgeschoben oder sonst irgendwie rechtlich eingeschränkt werden?>>

<<So ein Blödsinn. Den Alaba werden sie sicher nicht abschieben. Er hat schon längst einen positiven Asylbescheid, weil er so viel für unseren Fußballclub getan hat.>>

<<Trotzdem ist es so, dass nationale Parteien auch über Prominente anderer Kulturen schimpfen. In den Nachrichten wurde mal erwähnt, dass eine Frau vom Chef einer britischen nationalen Partei über Williams Frau Megan gelästert hat. Angeblich soll sie, weil sie schwarz ist, das königliche Erbgut beschmutzen.>>

<<In letzter Zeit sind die Nationalen in Europa deswegen angesagt, weil die EU so hohe Kredite an Pleitestaaten vergibt, die sie eh nicht zurückbezahlt bekommen. Solche Staaten wie Griechenland sind sowieso unzuverlässig. Außerdem kommen in den letzten Jahren so viele Flüchtlinge zu uns, anstatt dass sie selber ihr Land aufbauen. Gegen Kriegsflüchtlinge habe ich nichts. Aber die Wirtschaftsflüchtlinge wollen uns ausbeuten. Die FPD wird dagegen vorgehen, im Gegensatz zu anderen Parteien.>> <<Sie macht aber alles so radikal und grenzt auch Leute aus, die anständig sind.>>

<<Das glaube ich nicht. Aber ich hoffe nur, dass Angela Merkel irgendwann nicht mehr an der Macht ist, weil sie wird eh kritisiert wegen ihrer großen Freundlichkeit gegenüber den vielen Flüchtlingen.>> <<Ich wollte noch was anderes sagen.>> <<Was denn?>> <<Ich habe einen Mann kennengelernt und möchte mit ihm am Samstag wandern gehen.>> <<Okay, dann stelle ihn mir vor. Kannst du ihn am Freitag herholen?>> <<Ja.>>

Die beiden verfolgen noch gemeinsam das Match.

Für Vater Thomas ist es auch etwas störend, dass Maria neben dem Match ihr Buch liest, anstatt so wie er ein Bier zu trinken und genau mitzuverfolgen, wie die Spieler versuchen ein Tor zu schießen. Aber für Maria ist das etwas langweilig, lange Zeit auf einen Torversuch zu warten, und deswegen setzt sie auf Multitasking. Wenn ein besonderes Fußballmatch am Laufen ist, trinkt Maria auch ein Bier, ohne nebenbei was anderes zu machen. Aber sonst liest sie ihr Buch oder spielt mit ihrem Gameboy oder macht nebenbei Fitnessübungen. Die beiden freuen sich über den 2:1 Sieg von Bayern München.

Die Wandertour

Am nächsten Tag ist bereits Freitag. Eigentlich wollte Paul nach der Uni mit seinen Freunden wiedermal Multiplayer von einem Stronghold-Spiel spielen. Aber seine Freunde wollen wiedermal mit der Chemiestudentin Iris Basketball spielen. Paul spielt seit einigen Jahren nicht mehr Basketball mit seinen Freunden, weil er sich dabei so lahm anstellt und mit seinen Freunden nicht richtig mithalten kann. Für Paul ist es etwas beunruhigend, daran zu denken, die Chemiestudentin Iris zu verlassen.

Doch das Treffen mit Maria hat Paul dazu gebracht, einen Seitensprung zu probieren. Er hofft darauf, dass daraus kein Desaster wird, das dazu führen könnte, dass beide nicht mehr an Ihm interessiert wären. Paul überlegt sich, wie er Iris erklären kann, dass er mit ihr keine richtige Beziehung mehr hat und ist schon nervös auf den Moment, wo Iris und Maria aufeinandertreffen könnten. Gerade sowas ist dann die nächste Herausforderung für Paul, nachdem er es geschafft hat, ein Herz zu erobern. Paul hofft, dass Maria das so auch so sehen kann, dass die Liebe mit Iris vorbei ist und dass Iris kein Chaos in die Sache bringt.

Paul hat von einem Professor nun Hausübung aufgetragen bekommen.

Als Paul wiedermal mit dem Bus zu Hause ankommen ist, bereitet seine Mutter Linda das nächste Mittagessen vor. In der Zwischenzeit macht Paul seine Hausübung. Nach einiger Zeit ruft Linda zu Paul, der wie immer in seinem Zimmer ist, <<Essen ist fertig!>> Wie immer geht Paul runter und isst gemeinsam mit seinen Eltern die Mahlzeit. Paul erzählt seinen Eltern, <<Maria will, dass ich im Trachtengewand wandern soll. Wäre es okay, wenn ihr mir nach dem Essen eine Lederhose kauft?>> Linda starrt Paul mit großen Augen an und antwortet, <<Sicher nicht. Wir werden sowas nicht unterstützen.>> Paul antwortet, <<Ich werde mit der Maria das Wandern sowieso locker angehen.>>

Linda darauf, <<Als ob. Hast du denn nicht gesehen, was sie für welche Oberarme hat? Sie will mit dir sicher Dinge unternehmen, mit denen sie dich umbringen wird.>> Danach redet sie in sanftem Ton weiter, <<Schätzchen, sowas kann ich doch nicht zulassen.>> Paul reagiert verärgert, <<Ich werde aber wandern gehen. Ich bin nicht mehr dein Schätzchen, Burli oder sonst irgendein Scheiß. Von jetzt an bin ich nur mehr noch cool, und hör endlich damit auf, mir gegenüber immer so rücksichtsvoll zu sein.>>

Linda schaut gerade entsetzt, als ob für sie die Welt auseinandergebrochen wäre. Aber Vater Hans wirft einen stolzen Blick auf Paul.

Paul fühlt sich nach seinem Wutanfall richtig gut und ist stolz darauf, sich wie ein richtiger Mann präsentiert zu haben, und so hoffentlich auch in Zukunft von seiner Mutter behandelt zu werden.

Paul sagt mit beruhigter Stimme zu Linda, <<Ich möchte in Zukunft nicht mehr so von dir behandelt werden. Du hast dich gestern echt peinlich aufgeführt. Akzeptiere bitte, dass ich schon ein richtiger Mann bin und mir auch härtere Sachen antun kann.>>

Linda stöhnt auf und hält ihre Hand vor das Gesicht. Sie ist verzweifelt und beruhigt sich erstmal, bevor sie verstimmt weiter isst. Paul und Hans schauen Linda an und sind neugierig, wie sie sich später verhalten wird. Aber plötzlich fällt Linda ein Thema ein, mit der sie etwas an Pauls zukünftigen Leben mit Maria ändern könnte.

Sie fragt Paul, <<Bist du denn nicht mit der Iris zusammen?>> Das ist genau das, was Paul Sorgen bereitet. Nicht, dass sich hier auch noch seine Mutter einmischen wird!

Paul will das Thema Iris irgendwie abhaken, um stattdessen mit Maria weiterzumachen und antwortet, <<Mit ihr bin ich nicht mehr zusammen. Ich habe inzwischen schon mit anderen Mädels herumgeflirtet und plane jetzt mit der Maria zusammenzukommen.>>

Linda antwortet verärgert, <<Man trennt sich aber nicht einfach so von jemanden. Ich habe ja schließlich den Papa auch nicht einfach so verlassen, nur weil irgendetwas nicht gepasst hat. Wir haben uns immer bemüht, unsere Beziehung wieder in den Griff zu kriegen, und danach

hatten wir wieder schöne Zeiten. Du kannst mit Iris auch wieder schöne Zeiten haben.>>

<<Ihr habt ja auch schon ein Kind. Ich hingegen bin noch jung und noch gar nicht so sicher, mit wem ich das Leben teilen werde. Wenn man noch jung ist, trifft man erst Entscheidungen.>> Linda darauf, <<Wie oft hast du denn mit der Iris geschlafen?>> Paul blickt nervös und verärgert zu Linda und antwortet, <<Das geht dich gar nichts an. Das ist mein Privatleben.>>

Linda erwidert, <<Du hast aber schon zweimal damit herumgeprahlt, dass du mit der Iris geschlafen hast. Von daher sollte es fix sein, dass du mit ihr zusammen bist, oder bist du etwa ein Frauenheld, der auf Treue keinen Wert legt?>>

<<Ich bin kein Frauenheld. Ich bin mit der Iris schon lange nicht mehr zusammen und ich habe sowieso nicht vor, mit mehreren Frauen zugleich eine Beziehung zu führen.>> Hans mischt sich ein, <<Jetzt lass den Paul doch endlich in Ruhe. Er kann doch selbst entscheiden, mit wem er eine Beziehung führt und was er so treibt.>>

Linda wirft auf Hans einen bösen Blick und sagt zu ihm, <<Jetzt unterstützt du das auch noch, dass unser Sohn vorhat, ein Frauenheldenleben zu führen. So wie du! Du spielst dich gegenüber anderen Frauen auch immer so freundlich auf, als hättest du vor, mit ihnen fremdzugehen. Das hat er sicher von dir geerbt.>>

Hans darauf, <<Nein! Ich habe nicht vor, das zu befürworten, dass unser Sohn ein Weiberheld wird. Das werde ich nicht zulassen. Aber er kann selbst entscheiden, mit wem er zusammen ist.>> Linda antwortet, <<Du siehst das so locker.>>

Hans erwidert verärgert, <<Linda! Deine ganzen Vorwürfe und Meckereien gehen uns schön langsam echt auf die Nerven. Das ist doch so gar nicht zum Aushalten.>> <<Oh! Du stellst dich wohl auf die Seite deines Sohnes.>>

Die beiden Männer sind verzweifelt, weil das ständige Gemeckere Lindas so anstrengend für sie ist. Vor allem Linda ist verärgert. Etwa nur deswegen, weil sie glaubt, dass ihr Sohn ein Womanizer werden könnte, oder weil sie einfach nicht will, dass er von Maria zum Hochleistungssport getrieben wird oder beides? Linda fürchtet, die Sache nicht mehr unter Kontrolle zu bekommen, weil sich Hans auch noch auf Pauls Seite stellt.

Nach einem kurzen Aussetzer sagt Paul nervös, <<Maria will, dass ich bei der Wandertour eine Lederhose trage und sie wird ein Dirndl tragen. Wäre es okay, wenn ihr mir nach dem Essen eine Lederhose kauft?>> Linda schaut böse und schreit, >>Auf keinen Fall! Als ob wir deine Erlebnisse mit deiner Affäre auch noch unterstützen werden.>> Paul blickt wütend zu seiner Mutter und schreit zurück, <<Hör auf, immer so blöde Vorwürfe zu

machen. Ich bin jetzt erwachsen und entscheide selber wie ich lebe.>>

Nach dem Essen warten die Herren, bis Linda oben im Schreibzimmer ist, um die Hausübungen ihrer Schüler zu korrigieren. Danach flüstert Hans zu Paul, <<Soll ich dir jetzt heimlich eine Lederhose kaufen?>> <<Ja>> <<Gut, dann brechen wir auf.>>

Hans verlässt die Wohnung und Paul folgt seinem Vater. Die beiden steigen nun in Hans Auto ein und fahren zu einem Textilgeschäft. Es ist das erste Mal, dass Linda nicht mit dabei ist, wenn für Paul ein Kleidungsstück gekauft wird. Es ist zu befürchten, dass die launische Linda wieder einmal einen Aufstand machen könnte. Deswegen wird geplant, den Kauf der Lederhose heimlich zu machen und mit der passenden Ausrede zu kommen. Paul hat ein komisches Gefühl, wenn er daran denkt, mit seinem Vater gegen den Willen seiner Mutter shoppen zu gehen. Aber die Welt steht jetzt auch nur wegen dem verrückten Verhalten Lindas Kopf.

Hans sagt zu Paul, <<Die Mama wird sicher wieder durchdrehen. Was sollen wir ihr nur sagen?>> Die beiden Männer überlegen sich, was sie Linda für ein Alibi vorlügen könnten.

Paul antwortet, <<Wenn wir sagen, dass wir golfen oder schießen gegangen sind, wäre das auch nicht so passend, weil wenn wir nur ein Kleidungsstück kaufen, dann dauert das sicher nicht so lang.>> <<Da hast du recht. Deswegen

müssen wir uns etwas wirklich Kurzes überlegen.>> <<Wir könnten doch sagen, dass ich mit dir bei meinen Freunden war und dir ihre Studenten-WG gezeigt habe.>>

<<Klingt gut. Aber sie wird sowieso denken, dass ich dir eine Lederhose gekauft habe für das Treffen mit dieser Maria. Die Mama ist oft aufbrausend und dann auch noch so stur. Sie will andauend nur ihren Willen durchsetzen. Wir werden das Shopping einfach hinauszögern, damit dein Alibi glaubwürdiger klingt.>> Die beiden sind nun mit dem Auto beim Textilgeschäft angekommen. Im Kleidergeschäft gibt es eine große Auswahl an verschiedenen Kleidungsstücken. Darunter auch Verschiedenes an Trachtenmode. Die beiden halten nun Ausschau nach einer Lederhose mit Trachtengewand, das eine Größe S hat und für Leute mit Körpergröße 180 das Richtige ist, weil Paul ein recht schlanker mittelgroßer Mann ist.

Hans sagt, <<Schau mal Paul. Da gibt es was, was zu deiner Größe passt. Das ist Größe S.>> <<Okay, das nehme ich.>> <<Das ging aber schnell. Sollen wir das jetzt gleich anprobieren?>> <<Wir wollten doch unser Alibi glaubwürdiger erscheinen lassen, damit Mama nicht denkt, dass ich ein Womanizer bin.>> Die Verkäuferin steht direkt neben den beiden Männern und lächelt. Hans antwortet, <<Aso, stimmt.>>

Anstatt gleich nach zu Hause zu fahren, beschließt Hans noch, mit der Verkäuferin zu diskutieren, um hinauszuzögern. Hans sagt zur Verkäuferin, <<Mein Sohn

hat vor, mit der Lederhose wandern zu gehen. Seine Freundin wird auch ein Dirndl tragen.>>

Die Verkäuferin antwortet, <<Schön, diese ländliche Tracht passt auch wirklich gut, wenn man wandern geht. Es wäre echt passend, wenn mehr Leute mit so einer Kleidung eine Bergtour unternehmen würden.>> Hans erwidert, <<Mmh. Ja. Klingt gut. Aber normalerweise gehe ich mit meiner Familie mit normaler Kleidung wandern. Das wäre auch nicht so sehr was für jeden, weil manche sich lieber modern kleiden. Aber ich denke, wenn man beim Oktoberfest ist, ist sowas sowieso ein Muss.>>

Hans schaut zu Paul und sagt, <<Und das könnte dann Paul natürlich auch gebrauchen. Deine Maria wird bestimmt auch beim Oktoberfest ihr Dirndl tragen.>>

Die Verkäuferin antwortet, <<Doch, in letzter Zeit ist so etwas schon wieder im Trend, weil sowas kaufen heutzutage wieder so viele Leute ein.>> Paul antwortet, <<Die Frage ist, ob Mama das überhaupt zulassen wird, dass ich mit Maria Liebe habe.>> Hans erwidert, <<Sie wird sich schon wieder einkriegen. Sie wird sich an deine Freundin gewöhnen.>> <<Du hast doch gesehen, wie aufbrausend sie sich verhalten hat. Außerdem ist sie stur.>>

<<Paul, wir werden hier jetzt sicher nicht über deine Mutter reden. Sie wird wahrscheinlich ihre Meinung irgendwann ändern, weil stur wird sie sicher nicht immer

bleiben.>> <<Ja, ja, warten wir mal ab was rauskommt.>>
Die Verkäuferin mischt sich ein, <<Ja, das wird schon.>>

Paul sagt zur Verkäuferin, <<Wenn sie wüssten. Heute hat
mich Mama wieder wütend gemacht. Sie behandelt mich
wie ein Kleinkind und ist dagegen, dass ich cool werde.>>
Hans schaut Paul streng an, weil es ihm nicht passt, dass
sein Sohn über seine Frau schimpft und sagt, <<Ruhig
jetzt. Wir werden jetzt diese Lederhose und dieses
Gewand anprobieren. Okay?>> Paul antwortet genervt,
<<Ja.>>

Paul nimmt nun die Rindslederhose, das Baumwollhemd
und probiert beides in der Umkleidungskabine an. Das
Outfit sitzt wie angegossen. Paul geht raus, präsentiert
die Tracht seinem Vater und der Verkäuferin. Paul geht
herum und stellt fest, dass es passt. Paul zieht nun eine
Schweinslederhose an, die dieselbe Größe hat wie die
vorige Rindslederhose. Die Schweinslederhose ist etwas
bequemer. Nun probiert Paul die Ziegenlederhose an und
meint, <<Sie fühlt sich noch bequemer an.>> Paul streift
mit seinen Fingern über die drei Lederhosen und meint,
<<Je teurer die Lederhose ist, umso weicher fühlt sie sich
an.>> Die Verkäuferin darauf, <<Ja genau. So ist es.>>

<<Ich nehme aber Rindsleder, weil ich gerne was Hartes
habe, um richtig wild zu sein. Das ist auch das Richtige für
wilde Abenteuer.>>

<<Okay. Ich verstehe. Möchten Sie vielleicht dieses
Trachtenhemd anprobieren? Das sind Baumwollbastien.

Sowas sieht schöner aus als die normale Baumwolle. Vielleicht würden Sie Ihrer Freundin damit mehr gefallen.>> <<Ja. Okay. Meine Freundin richtet sich ja auch manchmal für mich sexy her.>> Paul zieht nun die Rindslederhose und das Baumwollbastienhemd an und ist mit dem Outfit zufrieden. Paul zieht sich wieder um und trägt die Lederhosentracht zur Kasse. Hans bezahlt sie, packt sie ein und die beiden Herren gehen anschließend wieder zurück zum Auto.

Während der Rückfahrt sagt Hans zu Paul, <<Ich kann ja verstehen, dass du von der Mama nicht wie ein Kleinkind behandelt werden willst.>> Paul schaut zu seinem Vater streng und sagt, <<Selbst bei Kleinkindern ist es so, dass Eltern kein Problem damit haben, dass sie harten Sport betreiben. Aber sie ist einfach wahnsinnig, wenn sie einen ausgewachsenen Sohn so blöd behandelt, als käme er aus einer peinlichen, übergewichtigen Familie, wo es immer heißt.>> Paul setzt fort in spöttischer Stimme, <<Oh Schätzchen, Burli. Nein, Burli. Mach bitte nicht das, was kleine Mädchen machen. Das ist zu gefährlich.>>

Hans schreit, <<Sei ruhig. Tu mir den Gefallen und verspotte deine Mutter nicht mit sowas in der Öffentlichkeit.>> Er setzt mit beruhigter Stimme fort, <<Du kannst es von mir aus hier machen.>> Paul antwortet, <<Ach, wenn meine Mutter anfängt, sich in mein ganzes Leben einzumischen, werde ich gegen sie demonstrieren.>> <<Oh Gott, das kann noch was werden.

Tu mir bitte den Gefallen und sei wenigstens du halbwegs vernünftig.>>

Während Vater Hans angespannt bleibt über das, was wegen Pauls Liebe zu Maria rauskommen könnte, zeigt sich Paul kampfbereit, falls Mutter Linda Unruhe in Pauls Leben reinbringen sollte. Die beiden Herren stehen nun aufgeregt vor der Haustür. Als Hans die Haustür aufsperrt, taucht schon nach wenigen Sekunden Linda auf. Linda fragt mit strengem Blick, <<Wo wart ihr denn?>> Hans steht mit dem Einkaufssack vor Linda und ahnt bereits, dass sie einen Blick in den Sack werfen würde. Anstatt wie ein Lügner dazustehen, gesteht er, <<Ich habe für unseren Paul eine Lederhose gekauft, weil ich mir gedacht habe, dass auch er mal auf dem Oktoberfest mit einer Tracht unterwegs sein sollte.>> Linda antwortet, <<Oh, du meinst wohl eher, dass das für die beinharte Wandertour ist mit der Maria.>>

<<Ja und? Der Junge braucht Bewegung. Er wird auch etwas wandern gehen, und ich denke nicht, dass er sich zum Extremsport treiben lassen wird. Er ist sicher zu bequem dazu.>>

Paul mischt sich ein, <<Ja eben, ich bin eh etwas bequem. Also bleibe mal locker.>> Linda antwortet, <<Das ist doch nicht schlimm, wenn der Junge etwas Sport betreibt. Aber mit dieser Affäre.>>

Paul schaut wieder verärgert zu seiner Mutter und sagt, <<Du willst doch bloß deswegen nicht, dass ich mit der

Maria zusammenkomme, weil du Angst davor hast, dass sie aus mir einen Extremsportler macht und mich dazu drängt, ganz cool zu werden.>> Linda darauf, <<Ach Pauli, du bist doch cool.>>

<<Eben nicht, wenn ich von dir immer so kindisch und rücksichtsvoll behandelt werde. Jetzt wo ich 23 bin, werde ich endlich erwachsen und cool werden.>>

Linda wirkt gerade nachdenklich und hofft mit dem, was bevorsteht, zurecht zu kommen und antwortet, <<Ist schon okay, du kannst die Tracht ruhig beim Oktoberfest tragen.>> Linda nimmt das Outfit mit und legt es zu den anderen Klamotten von Paul. Hans und Paul sind erleichtert, dass Linda wenigstens die Lederhosentracht für Paul beim Oktoberfest akzeptiert. Aber der Frieden muss deswegen noch nicht ganz da sein. Paul ist schon ganz nervös, was rauskommen wird, wenn Maria morgen vor der Haustür klingelt. Linda wird sich bestimmt peinlich aufführen.

Paul verbringt den restlichen Freitag damit, seine Hausübung fertig zu schreiben.

Danach spielt er, wie es geplant war, ein Stronghold-Multiplayergame mit irgendwem aus dem Internet. Die Nacht vom Paul verläuft unruhig, wegen der Befürchtung, dass Linda seiner Geliebten, Maria, eine peinliche Absage erteilen könnte.

Nun ist Samstag. Es ist so weit. Paul hatte einen Alptraum, in dem seine Mutter die Maria angegangen ist. Danach ging Maria weg und Paul verfolgte sie. Er wollte sie dazu überreden, nicht abzuhauen, und dann ist er aufgewacht. Jetzt liegt Paul immer noch nervös und unruhig im Bett. Um halb 9 klingelt die Tür. Paul liegt im Bett und hört das Läuten. Sein Herz fängt an zu rasen. Linda begibt sich zur Tür. Paul rennt die Stiege im Pyjama runter. Linda öffnet die Tür und sieht vor ihr Maria stehen. Sie ist noch mehr geschminkt, ist wieder mit Erdbeere parfümiert, trägt ein kurzes Seidendirndl mit Ausschnitt, Korsett und wieder diese schwarzen Lacklederstiefel.

Pauls Mutter ist meistens auch geschminkt. Aber meistens trägt sie doch eine Hose. Ein Ausschnitt ist bei ihr auch nicht so oft zu sehen und ein Korsett hat sie noch nie getragen. Es wäre auch das erste Mal, wenn irgendjemand von Pauls Familie ein Trachtengewand trägt.

Linda wirft einen finsteren Blick auf Maria. Maria wird nachdenklich und ahnt bereits die lustige Tatsache, dass Linda nicht will, dass Paul wandern geht, weil Paul von seiner Mutter so kindisch und rücksichtsvoll behandelt wird. Maria begrüßt Linda, <<Guten Morgen, ich bin hier, um Paul für die Wandertour abzuholen.>> Maria geht vorbei und Linda wirft einen finsteren Blick auf Maria. Danach sieht Maria auch schon Paul im Pyjama. Paul ist etwas überrascht, Maria gleich geschminkt in Reizwäsche vor sich zu sehen und kommt sich blöd vor, dass er noch den Pyjama anhat. Zugleich ist für ihn diese Situation aber auch sexuell erregend, wo Maria sich schon flott hergerichtet hat und schon direkt vor der Haustür steht. Maria ruft, <<Oh, ich hoffe ich komme nicht zu früh, weil du bist anscheinend erst aufgestanden.>> Paul antwortet, <<Ich wollte jetzt eh aufstehen.>> Hans sagt, <<Ja, unser Pauli ist kein Morgenmensch.>> Paul fragt Maria, <<Möchtest du was frühstücken?>> <<Nein! Ich werde nichts essen.>> <<Aso, du hast schon zu Hause gegessen.>> <<Irrtum, ich habe nichts gegessen, damit ich mein Korsett enger zuschnüren kann. Das Korsett ist die Futtersperre, damit ich sexyer aussehe.>> Hans antwortet, <<Aber du brauchst das Essen. Gerade für das Wandern ist es wichtig, dass man Energie zu sich nimmt.>> Maria darauf, <<Macht nichts, Paul wird mich sowieso nicht überholen.>> Paul sagt, <<Ich werde mich jetzt erstmal umziehen und dann frühstücken. >> Maria antwortet, <<Okay, ich warte.>> Überraschenderweise verhält sich Linda derweil ruhig. Aber sie hat eine finstere Stimmung. Linda ist ein aktiver Vulkan, der hoffentlich nicht ausbricht. Inzwischen fragt Maria Pauls Eltern, <<Was macht ihr beruflich?>> Hans antwortet, <<Ich arbeite in einer Bank.>> Linda sagt nichts. Maria richtet ihren Blick zu Pauls Mama und fragt sie, <<Und was machst du?>> Linda macht den Mund auf. Kurze Zeit später antwortet sie, <<Ich bin Lehrerin.>> <<Welche Fächer unterrichtest du?>> <<Deutsch und Geschichte.>> <<Das ist also der Grund, weshalb ihr euch so eine schöne Wohnung leisten könnt.>> Hans antwortet, <<Danke.>> Maria sagt, <<Mein Vater ist auch Lehrer. Er unterrichtet Sport und Englisch.>>

Hans antwortet, <<Das ist toll. Dann kann er sich für dich sicher auch eine tolle Wohnung leisten. So eine wunderschöne Tochter, die auch noch Zirkusakrobatin ist, verdient es schließlich auch, in einer schönen Wohnung zu leben.>>

Paul ist bereits in Lederhosentracht gekleidet, steht vor den anderen drei Leuten und nimmt die Schmeicheleien von seinem Papa positiv zur Kenntnis. Im Gegensatz zu Pauls Mama sorgt Pauls Papa dafür, dass Maria sich lieber in der Wohnung von Pauls Eltern aufhält. Maria sagt zu Paul, <<Du siehst echt sexy aus.>> Paul freut sich und antwortet, <<Danke. Du siehst mit deinem Dirndl echt super aus. Das glänzt so richtig schön. Ist das Seide?>> Maria antwortet, <<Ja.>>

Paul darauf, <<Vielleicht hätte ich lieber ein Seidenhemd als Trachtenhemd nehmen sollen statt dem Baumwollbastienhemd.>>

Maria antwortet, <<Das ist schon okay. Eigentlich nimmt man kein Seidenhemd zur Lederhose dazu. Höchstens Baumwollbastien und sowas glänzt auch schon etwas.>> Aber nun fragt Linda Maria, <<Aus welchem Leder sind deine Stiefel?>>

<<Sie sind aus Rindsleder. Das ist ganz widerstandsfähig. Es schützt vor Hundebissen und ist auch gut geeignet für wildes Gelände. Genau das Richtige für wilde Abenteuer. Aus was für einem Leder ist Pauls Lederhose?>> Hans antwortet, <<Sie ist aus Rindsleder.>>

Maria darauf, <<Okay, solche billigeren Lederhosen aus Rindsleder sind dann doch besser. Falls Wölfe vorhaben, in unsere Ärsche reinzubeißen, wäre Pauls Hintern besser geschützt als meiner. Ich hingegen habe ein Kleid aus Seide. Das glänzt zwar, aber ist noch weniger widerstandsfähig als Baumwolle und teuer.>>

Linda schaut zu Maria und sagt, <<Jetzt hör auf, so schockierende Meldungen zu geben. Unser Sohn wird nur eine kleine Wandertour unternehmen und nicht dort unterwegs sein, wo Wölfe sind, oder sonst irgendeinen Mist machen. Und du solltest jetzt lieber was essen. Ich finde es außerdem auch nicht beruhigend, wenn unser Sohn mit so einer verrückten Magersüchtigen wie du wandern geht, die nicht einmal davor was isst. Nur wegen der blöden Taille! Ich glaube, du wirst ihn auch noch in blöde Sachen reinziehen.>>

<<Nein! Das habe ich sicher nicht vor. Ich werde mit eurem Sohn eine ruhige Wandertour unternehmen und magersüchtig bin ich auch nicht. Es ist nur so, dass Mädels manchmal mit leerem Magen sich im Dirndl präsentieren, weil dadurch die Taille noch kleiner wirkt im Vergleich zu Brüste und Po.>> Linda antwortet, <<Sowas ist krank!>> <<Und ich esse sonst normale Portionen und bin deswegen nicht magersüchtig.>> Die beiden Herren können sich über Maria nicht so sehr beschweren, weil Maria auf sie erotisch wirkt. Hans denkt sich, *Schade, dass ich nicht so eine Frau wie Maria kennengelernt habe. Mit ihr*

wäre alles noch schöner gewesen. Mein Sohn ist ein richtiger Glückspilz, wenn er es schafft, an sie ranzukommen.

Im Gegensatz zu Maria isst Paul ein Frühstück. Danach putzt er sich die Zähne.

Linda packt einige Jausenbrote und eine Flasche in Pauls Rucksack ein, damit nicht nur er, sondern auch Maria was zum Essen hätten, falls sie drohte zusammenzubrechen. Linda fragt Maria, <<Hast du wenigstens schon was getrunken?>> <<Ja.>> Linda antwortet, <<Trinken wird auf jeden Fall auch beim Wandern wichtig sein, weil du sonst zusammenbrichst.>> Maria antwortet widerspenstig, <<Okay.>> Linda fragt, <<Hast du in deinem Rucksack wenigstens was zum Trinken mit?>> Maria antwortet genervt, <<Ja.>>

Nun nimmt Paul seinen Rucksack mit. Paul ist froh darüber, dass aus der Streiterei zwischen seiner Mutter und seiner Geliebten keine Katastrophe entstanden ist, und er nun mit Maria doch noch eine Reise in die Berge unternehmen kann. Draußen steht bereits das schwere Sportbike von Maria. Paul legt seinen Rucksack in die Klappe vom Motorrad rein und sieht darin keinen Rucksack von Maria. Er ist aber nicht so besorgt um Maria wie Linda und freut sich einfach nur darauf, zum ersten Mal auf einem Motorrad zu sitzen und eine Bergtour mit Maria zu unternehmen. Außerdem könnte er ihr auch ein Jausenbrot geben, falls sie doch eins bräuchte. Auf der Wandertour würde es auch Wasserstellen geben, falls die Flasche zu wenig Saft hätte. Maria setzt sich auf den

Fahrersitz. Da sie ein kurzes Kleid trägt, ist es gar nicht so schwierig, sich raufzusetzen. Paul sitzt hinten und hält sich an Maria fest. Beide setzen die Helme auf.

Maria fährt durch die Stadt viel zu schnell, überholt Autos und überfährt rote Ampeln, wenn nirgendwo ein Auto auf der zu überquerenden Straße zu sehen ist. Eigentlich findet Paul die Fahrt lustig. Aber als vor einer roten Ampel Autos stehen, durch die das Motorrad nicht in der Lage ist weiterzufahren, fragt Paul Maria, <<Fährst du eigentlich immer so schnell?>> <<Oft schon.>> <<Und fährst du auch andauernd über rote Ampeln?>> <<Nicht so oft.>> <<Musstest du dann nicht viel Strafe zahlen?>> <<Nicht so viel. Ich lasse mich nicht so leicht erwischen.>> <<Ookayy.>>

Nun sieht Paul vor seinen Augen bereits die Autobahneinfahrt. Es ist zu erwarten, dass die verrückte Maria nun mit maximaler Geschwindigkeit fahren wird. Paul ist aufgeregt. Auf der Autobahn fährt Maria tatsächlich sehr schnell zu den Alpen, die an der Südgrenze von Bayern liegen. Auf so einem schnellen Fahrzeug ist Paul noch nie gesessen. Vater Hans fährt manchmal auch sein Auto ganz schnell. Aber Autos sind normalerweise um einiges langsamer als Motorräder. Außerdem stellt sich Maria im Gegensatz zu Hans fast schon so an, als ob es um ein Rennen ginge. Sie beschleunigt jedes Mal sofort, sobald die Kurve vorbei ist und wechselt erst dann von der Beschleunigung zum Bremsen, sobald die gerade Straße nicht mehr so lang ist.

Wenn die maximale Geschwindigkeit des 5ten Ganges erreicht und die Strecke noch lang ist, bremst sie erst später.

Außer der Autobahnverkehr ist etwas gefährlicher. Auf Marias Motorrad ist ein Navi eingebaut, das Radargeräte auf den Straßen anzeigt. Jedes Mal, wenn eins in der Nähe ist, ertönt ein Tonsignal, damit Maria rechtzeitig abbremst. Normalerweise ist Paul nicht verängstigt, wenn sein Vater 170 Stundenkilometer fährt. Aber es bereitet ihm doch Angst, wenn Maria mit dem Motorrad 200 fährt. Außerdem fühlt man sich auf einem Motorrad ohnehin schon weniger sicher. Daher schreit Paul verzweifelt, <<Kannst du bitte langsamer fahren? Bitte!>> Nach mehrmaligem Flehen von Paul fährt Maria nun höchstens mit 160, und sie teilt das Paul auch mit. Für Paul ist es nun gerade noch erträglich. Aber er ist immer noch leicht besorgt. Er versucht sich einfach an seine Traumfrau zu gewöhnen, um mit ihr auch weiterhin Spaß zu haben und durch sie ein stärkerer, mutigerer Mann zu werden. Es gibt Erleichterung bei der Autobahnausfahrt, weil es dadurch nicht mehr so lange Strecken gibt, die das Motorrad sauschnell machen können.

Nach der Fahrt befinden sich nun Paul und Maria direkt bei der Startposition ihrer Wandertour. Paul ist erleichtert, dass die Fahrt vorbei ist.

Paul sagt, <<Das ist das erste Mal, dass ich auf einem Motorrad gesessen bin. Das ist unglaublich, wie viel

Power dieses Gerät hat. Ich hatte echt schon Angst, dass ich runterfallen würde.>>

<<Oh, tut mir leid, dass ich dann so schnell gefahren bin. Ich werde es bei mit 160 Stundenkilometern belassen. Eigentlich würde dieses Gerät mit uns beiden drauf sogar 240 Stundenkilometer schaffen. Es ist ja auch eine BMW mit 160 PS.>>

<<Das ist ja echt der Wahnsinn. Dann hat dein Motorrad genauso viel PS wie der Mercedes von meinem Papa. Mein Papa fährt mit seinem Auto aber höchstens 170, obwohl er auch 215 schaffen könnte. Was ist denn das Schnellste, das du bereits gefahren bist?>> <<250.>> Paul antwortet erstaunt, <<Uhh, wie ist es denn so, mit so einem Speed unterwegs zu sein?>>

<<Voll lustig. Deswegen mache ich das auch nicht so selten. Ich habe mir auch gedacht, irgendwann mal mit so einem Motorrad Kunststücke im Zirkus vorzuführen.>> <<Möchtest du auch Rennfahrerin werden?>>

<<Hört sich nach einer guten Idee an. Okay. Diese Wandertour, die ich mit dir geplant habe, wird nicht so mühsam werden. Das Gipfelkreuz liegt nicht so hoch und dazwischen ist auch eine Almhütte. Dort kannst du dann was jausnen.>> <<Aso, und du wirst wahrscheinlich nichts jausnen?>> <<Wie besprochen, damit mein Korsett ordentlich zugeschnürt bleibt, weil sonst würde mein Bauch dicker werden und dann muss ich lockern.>> <<Hast du wenigstens schon was getrunken?>> <<Ein

Glas Wasser.>> <<Okay. Ich denke, du wirst es trotzdem noch schaffen. Meine Mama dramatisiert manchmal über.>> <<Um mich brauchst du dir wirklich keine Sorgen zu machen. Ich kenne mich mit Sport und Ernährung gut aus. Ich habe auch in Ernährung das Fachabitur.>>

Paul zieht nun seine Wanderschuhe an und legt die normalen Schuhe in die Motorradklapse rein. Maria sagt, <<Es wäre besser, wenn ich den Rucksack nehme. Dann sind wir schneller.>> <<Okay.>> Paul gibt Maria den Rucksack. Maria sagt, <<Wir müssen in diese Richtung gehen. Folge mir bitte.>>

Paul folgt Marias schnellen Schritten. Das schnelle Gehen ist für ihn trotzdem eine schöne Abwechslung, wenn er nicht mehr die wilde Fahrt ertragen muss. Aber durchs ständige Aufwärtsgehen wird er müde.

Paul ist außer Atem und fragt, <<Können wir hier eine Pause machen?>> <<Doch nicht jetzt schon, gehen wir weiter.>> <<Ich kann nicht mehr. Ich brauche wirklich eine Pause.>> <<Okay, 8 Minuten.>> Nach 8 Minuten gehen die beiden weiter. Aber Paul braucht später erneut eine Pause. Er trinkt etwas aus der Flasche. Nach weiteren paar Minuten drängt Maria Paul dazu, weiterzugehen. Aber Paul kann nicht mehr, weil er komplett erschöpft ist.

Nun schlägt Maria vor, <<Was hältst du davon, wenn ich dich auf meinem Rücken trage?>> <<Echt jetzt? Du willst mich wirklich herumtragen?>> <<Ja. Wenn ich dich

manchmal trage, dann sind wir schneller.>> Paul antwortet erstaunt, <<Okay. Aber wäre es nicht besser, wenn du davor auch was essen oder zumindest trinken würdest?>> <<Nein. Ich probiere es mal so aus. Nimm mal den Rucksack.>> Paul nimmt den Rucksack und steigt auf Maria. Für Paul ist es sexuell total befriedigend, auf Maria zu reiten. Er stellt sich erneut vor, wie sexy und feminin Maria mit ihrem Seidenkleid und ihren halbnackten Brüsten aussieht. Dann auch das Korsett, das ihren leeren Bauch einengt, damit sie mager wirkt, und diese muskulösen Arme, die zeigen, dass sie trotzdem noch ordentlich Power hat. Das passt alles zusammen und ist extrem erotisch. Paul bekommt durch die aufopfernde kraftvolle Maria einen Samenerguss. Paul sagt, <<Das fühlt sich wahnsinnig geil an, auf dir zu reiten.>>

Maria grinst und fühlt sich dabei auch ganz geil. Später fängt Maria an schwer zu atmen. Sie ist wie ein Motor, der gerade ordentlich arbeitet. Paul findet es überwältigend, dass Maria ihn trotzdem noch lange weiterträgt.

Paul bekommt aber wegen all den Umständen und auch dem, dass er sich daran intensiv aufgegeilt hat, Schuldgefühle und sagt, <<Du kannst mich wieder runterlassen.>> <<Ich möchte dich weitertragen.>> <<Aber bist du denn nicht schon erschöpft?>> <<Nein, ich möchte testen, ob ich es schaffen kann, dich bis zum Gipfelkreuz hinaufzutragen.>> Paul ist sprachlos. Er kann einfach nicht glauben, dass Maria sich sowas antun kann und seine Unterhose ist voller Spermien. Die Unterhose stinkt nach unmoralischen erotischen Erlebnissen, wegen seltsamer Traumfrau. Diese Traumfrau neigt zu verrückten Selbstversuchen in Reizwäsche.

Plötzlich sieht Paul vor seinen Augen ein paar Leute, die auf ihn zukommen. Paul ist es peinlich, vor anderen Wanderern von Maria getragen zu werden, und er bittet Maria, ihn runterzulassen. Für einen kurzen Moment lässt Maria Paul runter. Im Gegensatz zu Maria atmet Paul nicht mehr schwer. Die anderen Wanderer begrüßen die beiden. Einer von ihnen sagt, <<Wirklich fein, von so einem Mädchen getragen zu werden. Gel?>> Durch diesen Kommentar schaut Paul blöd zurück und ist genervt. Nachdem die Wanderer nicht mehr in Sicht sind, setzt sich Paul erneut auf Maria, weil sie es so will. Paul hofft darauf, nicht so schnell neuen Leuten zu begegnen. Paul fragt Maria, <<Mach dich das etwa gell, mich ausgehungert und ohne was zu trinken herumzutragen?>> <<Ja. Mir macht das Spaß.>> <<Ist das für dich auch angenehm?>> <<Das nicht. Aber es ist okay.>> <<Na gut. Dann bin ich beruhigt. Ich hatte nämlich noch nie so einen sexuell erregenden Ritt gehabt.>> Maria setzt kurz aus und sagt, <<Okay. Das freut mich.>>

<<Ist eine tolle Abwechslung, mal auf Menschen zu reiten anstatt immer nur auf Pferden. Würde es dir auch gefallen, wenn ich mit meinen Händen deine Brüste berühre?>> Maria ist zunächst etwas schockiert. Aber sie

lächelt und antwortet, <<Mir würde es gefallen.>> Paul
steckt seine Hände unter Marias Ausschnitt und spürt
einen sehr hohen Puls. Paul sagt, <<Dein Herz scheint fast
zu explodieren. Ich denke, das schafft dein Körper bald
nicht mehr.>> <<Doch, Ich kenne mich aus.>> Paul
antwortet mit strenger Stimme, <<Du musst wirklich was
zu dir nehmen. Sonst brichst du zusammen. Reitfrauen
brauchen Nahrung.>> Maria lächelt und sagt, <<Ich habe
schon oft so lang so einen Puls gehabt. Du kennst das
nicht, wozu Sportler fähig sind.>> <<Ach, dann werde
jetzt ich was essen.>> Paul steigt von Maria ab und isst
ein Jausenbrot. Er sagt, <<Das schmeckt so lecker. Mmh.
Was du dir entgehen lässt.>> Danach trinkt er wieder was
vom Saft. Danach steigt Paul wieder Maria und sagt, <<So,
weiter geht es, Pferdchen.>>

Während dem Ritt greift Paul erneut unter Marias
Ausschnitt. Maria ist etwas besorgt, dass sie vom Paul
abfällig und respektlos behandelt werden könnte. Sie
steht kurz davor, ihm eine Warnung auszusprechen. Da
aber Maria für Paul jemand ist, der sich gerne verrückte
geile Sache antut, genießt Paul, ohne sich weiter zu
schämen, den erotischen Ritt, weil die Power dieser Frau
unglaublich ist und ihr Puls fühlt sich gruselig anfühlt. Paul
fühlt wieder mal wie ein Sadist, wenn er sich daran
aufgeilt. Linda möchte nun auch ein Dirndl haben, da sie
auf den Sexy-look von Maria neidisch ist. Anscheinend hat
sich sogar Linda von Maria in Stimmung bringen lassen
und deswegen fahren Pauls Eltern nun zum Geschäft, das
Trachtenmode anbietet, während ihr Sohn mit Maria

wandern geht. Aber wenn Pauls Eltern wüssten, was sich auf der Bergtour inzwischen abspielt. Im Textilgeschäft wirft Linda einen Blick auf die Seidendirndl, weil Maria mit so einem auch total sexy ausgesehen hat, und Linda neben Maria nicht so schlecht dastehen will in Punkto Sexappeal, wenn sie mit der Familie beim Oktoberfest ist. Hans bereitet sowas eine Freude.

Aber er sieht ihm Geschäft schon wieder die eine Verkäuferin, vor der Paul nicht nett über seine Mutter geredet hat. Er hat auch gemeint, dass Mama dagegen wäre, dass Paul eine Tracht hat. Mama sollte denken, dass Paul damit mit Maria fremdgeht. Deswegen schämt sich Hans jetzt, mit seiner Frau hier zu sein.

Linda hat bereits das passende teure Seidendirndl in Größe M gefunden. Es hat auch einen Ausschnitt mit Korsett, und Hans beschließt auch so wie Sohn Paul, eine Rindslederhose zu kaufen mit Baumwollbastienhemd. Allerdings alles in Größe M. Marias Seidendirndl hat nur Größe S. Aber wahrscheinlich nicht aus dem Grund, weil sie weniger isst, sondern weil junge Menschen einen besseren Stoffwechsel haben.

Hans sagt zur Verkäuferin, um wieder einen besseren Eindruck zu vermitteln, <<Ich und Linda werden auch mit Tracht zum Oktoberfest gehen.>> Die Textilhändlerin antwortet, <<Ja, Das passt eh. Das schaut gut aus, wenn man da auch mit der Tracht unterwegs ist.>> Hans erwidert, <<Und wir finden es auch toll, dass unser Sohn mit der Lederhose unterwegs ist.>> <<Okay. Ist gut.>>

Pauls Eltern freuen sich schon darauf, ihren Sohn und Maria mit ihrer Tracht zu überraschen.

Maria ist durch das lange Paultragen verschwitzt und hat somit auch viel Flüssigkeit verloren. Die Almhütte ist bereits in Sicht. Paul steigt wieder runter, bevor er von jemanden so gesehen wird. Maria hat sich nun entschieden, um mehr Energie zu bekommen, zumindest Wasser aus dem Waschbecken der Almhütte zu trinken. Paul ist erleichtert, dass Maria wenigstens das macht. Allerdings wird Paul hier weder essen noch trinken, weil er immer noch satt ist, wegen dem, dass er während der Reitpause so viel zu sich genommen hat, um Maria zu provozieren. Deswegen geht der Ritt auf Maria weiter bis zum Gipfelkreuz. Paul gewöhnt sich schön langsam daran, von anderen Leuten auf Maria gesehen zu werden, weil es immer noch besser ist, in der Bergluft unterwegs zu sein, als immer nur vor dem Fernseher oder Computer zu sitzen. Deswegen muss man sich weder dafür schämen, auf einem Pferd zu reiten, noch dafür, auf einer im Dirndl gekleideten Frau zu reiten. Wenn andere Wanderer sehen, dass Paul auf Maria reitet, reibt er seine Hände auch auf ihren Brüsten, weil er sowas mittlerweile auch schon lustig findet.

Auf dem Gipfelkreuz gönnt sich Maria nun eine längere Pause. Beide genießen die Aussicht, küssen sich und gehen wieder etwas runter. Paul sagt zu Maria, <<Jetzt wo du so ausgehungert bist und mich so viel getragen hast, bin ich wahrscheinlich stärker als du.>> Sie antwortet, <<Das glaube ich nicht!>> <<Du wirst jetzt wahrscheinlich gleich schwach sein wie ich.>> Maria streckt ihre Arme zu Paul, zeigt ihre Hände und meint, <<Dann ringen wir mal. Dann werden wir schon sehen, wer von uns beiden stärker ist.>>

Paul greift nach Marias Händen und die beiden ringen miteinander. Maria ist immer noch stärker als Paul. Sie streckt seine Arme auseinander und lässt los. Anschließend schupft sie ihn weg, dann wieder und danach springt sie auf ihn drauf. Paul fällt zu Boden und meint, <<Hey! Was soll denn das?>> Maria sitzt auf Pauls Bauch und hält seine Arme fest. Paul räumt ein, <<Ist schon gut. Ich habe schon verstanden, dass du stärker bist als ich.>> <<Ich möchte dir noch ein paar Dinge zeigen.>>

Maria hockt sich rechts neben Paul hin, packt mit der rechten Hand seinen rechten Arm, mit ihrer linken Hand greift sie auf seine rechte Schulter und dreht ihn anschließend um. Maria setzt sich auf Pauls Rücken und verrenkt seinen rechten Arm. Paul stöhnt leidend, versucht vergeblich sich von Maria zu lösen und dann lässt sie ihn los. Paul bekommt Angst und hofft, dass Maria ihn bald in Ruhe lässt. Aber anstatt Maria um Gnade zu bitten, reißt er sich zusammen und beobachtet, was sie als nächstes mit ihm vorhat. Sie dreht ihn auf die linke Seite und würgt ihn mit beiden Armen immer fester. Paul versucht vergeblich Marias Arme von seinem Hals zu lösen. Pauls Gesicht wird etwas rot und er wirkt leidend. Maria lässt ihn nun wieder los, Paul atmet schwer und meint, <<Lass mich! Das reicht!>> Maria bekommt ein schlechtes Gewissen und lässt ihn los. Sie meint, <<Ich werde dich jetzt in Ruhe lassen.>>

Beide stehen wieder auf. Paul schaut verängstigt zu Maria und denkt, *Die ist ja abgedreht.* Maria meint, <<Ich dachte nur, dass dir sowas Spaß machen könnte.>> <<Das war unheimlich.>>

Maria denkt, *Naja, Vielleicht wird er sich an sowas gewöhnen. Ansonsten wäre es auch okay, wenn er nur auf die sanfte Tour steht. Ich könnte auch stattdessen seine Sklavin sein, wenn er hoffentlich etwas mit Sado-Maso zu tun haben will. Mein Ex war so ein Spießer. Er wollte gleich aufhören, als ich ihm Sado-Maso vorgeschlagen habe.*

Auf dem Rückweg trägt Maria erneut Paul auf dem Rücken, obwohl er längst wieder fit ist und sie weigert sich immer noch, Essen zu sich zu nehmen. Maria möchte unbedingt sehen, ob sie auch bis zum Rückweg ohne Essen durchhalten kann. Aber der Rückweg ist weniger anstrengend, weil er nun viel öfter nach unten geht. Die beiden können erstmal auch keine sexuelle Erregung mehr bekommen, auch wenn Maria sich erneut Qualen antut, damit Paul komplett verschont bleibt. Die sportliche Leistung und die sexuelle Erregung sind irgendwann eine bestimmte Zeit nicht mehr da. Aber die Schmerzen können so lange hier sein, wie man möchte. Nebenbei kann Paul auch noch weiter Marias Brüste ausgreifen und an ihrem Kleid herumreißen.

Nun befinden sich die beiden wieder bei der Almhütte. Maria wäscht ihr Gesicht, damit ihr Kleid nicht noch mehr Schweiß abbekommt. Nun setzen sich die beiden an einen Tisch. Maria trinkt nur Wasser und muss dabei zusehen, wie ihr Reiter sich Gulaschsuppe und Cola gönnt. Dieser freche Moment erregt die beiden erneut sexuell. Anschließend reitet Paul auf Maria zurück zum Motorrad.

Jetzt wo sie dort angekommen sind, ist Maria komplett erschöpft und hat Spatzen, während Pauls Unterhose voller Spermien ist. Maria willigt endlich ein, Jausenbrote aus Pauls Rucksack zu essen. Sie gibt ihm auch ihre Nummer. Paul sagt zur Maria, <<Jetzt musst du aber wirklich langsamer fahren. Wenn du so ausgepowert bist, kannst du wahrscheinlich nicht mehr so gut fahren.>> <<Klar werde ich langsamer fahren, und ich werde auch vorsichtig bleiben. Was haltst du davon, wenn wir zu meinem Papa fahren?>> <<Okay.>> Trotz ihres Muskelkaters ist Maria immer noch in der Lage, ohne Unfall Paul durch Land, Autobahn und Stadt zu schnell nach Hause zu bringen. Sie hält sich wie versprochen daran, zumindest nicht schneller als 160 Stundenkilometer auf der Autobahn zu fahren. In der Stadt überfährt sie aber immer noch rote Ampeln.

Marias Vater

Paul und Maria befinden sich nun vor der Wohnung von Marias Vater. Maria sperrt die Tür auf und beide betreten seine Wohnung. Drinnen sieht Paul plötzlich Thomas. Er ist Pauls ehemaliger Sportlehrer, der Paul ordentlich gedrillt und vor seinen Mitschülern beschimpft hat. Er hat ihn zum Schluss sogar einen 3er gegeben in Turnen, damit die Schüler was zu lachen haben. Manchmal mussten alle anderen wegen ihm zusätzliche Fitnessübungen machen, weil Paul etwas nicht geschafft hatte, was alle anderen durchziehen konnten. Sportlehrer Thomas wirft einen strengen Blick auf Paul, und Paul schaut verängstigt zurück. Maria sagt, <<Darf ich vorstellen? Das ist Paul. Paul. Das ist mein Dad. Mein Dad ist Lehrer. Er unterrichtet Sport und Englisch.>> Paul antwortet, <<Er kommt mir bekannt vor.>> Maria sagt, <<Paul ist derjenige, mit dem ich eine Wandertour in den Alpen an der bayerischen Südgrenze unternommen habe.>> Thomas antwortet, <<Oh, dann gehst du also gerne wandern?>> Paul antwortet verlegen, <<Jaaa. Schon.>> Thomas darauf, <<Schön, dann werden wir auch mal gemeinsam eine Wandertour unternehmen.>>

Maria sagt, <<Paul ist noch gar nicht so fit. Ich musste ihn während der Wandertour herumtragen, weil er oft schon zu müde war zum Weitergehen. Aber ich habe vor, ihn zu trainieren. Vielleicht wird er auch mal ein richtiger Sportler werden.>> Thomas grinst und antwortet, <<Oh, und so einer gefällt dir?>> <<Ach, das wird schon.>>

Paul sagt, <<Eigentlich wollte ich eh selber weitergehen. Aber Maria wollte unbedingt ausprobieren, ob sie es schafft, mich bis zum Gipfelkreuz und wieder zurückzutragen. Außerdem hat sie nicht einmal was gegessen, während sie mich herumgetragen hat.>> Thomas schaut zu Maria und sagt, <<Dann scheinst du dich wirklich gut mit ihm zu verstehen. Mit diesem perversen Pascha.>> Er setzt fort mit strengem Ton, <<Dem hat das wohl gefallen, anstatt selber mal den Arsch in der Lederhose in Bewegung zu setzen.>> Thomas schaut zu Paul, <<Als ob du würdig bist, diese Lederhose zu tragen. Sowas ist eher was für richtige Männer.>> Maria und Paul sind nicht erfreut über Thomas Auftritt. Paul antwortet, <<Ich wollte doch später eh selber gehen, und ich wollte auch, dass Maria was isst. Aber sie ist stur geblieben.>>

Thomas sagt, <<Und du willst jetzt auf einmal ein richtiger Sportler werden? Ich habe immer wieder mit allen Mitteln versucht, dich anzutreiben, als ich dich noch im Sport unterrichtet habe. Du bist aber immer der Schwächste geblieben.>>

Thomas schaut zu Maria und sagt, <<Du willst doch nicht ernsthaft mit so einem Waschlappen zusammen sein? Für dich gibt es viel bessere Männer. Solche, die von Haus aus gut definierte Muskeln haben und nicht solche mit leeren Versprechungen.>> Paul denkt, *Oje, Jetzt könnte auch noch Marias Vater zum Problem werden. Warum muss denn ausgerechnet Professor Thomas Marias Dad sein. Das kann noch was werden.*

Maria antwortet, <<Mein Mann muss nicht unbedingt eine Sportskanone sein. Es reicht auch schon, wenn er hin und wieder trainiert, um gesund und fit zu sein.>> Nun denkt Paul, *Okay. Ich muss anscheinend doch nicht sehr sportlich werden, um mit Maria auch weiterhin zusammen zu sein.*

Thomas antwortet enttäuscht, <<So einer wird doch keineswegs fit werden und wahrscheinlich auch nicht ganz gesund sein, wegen seines Bewegungsmangels. Aber anscheinend gefällt dir sowas. So ein Perverser, der dich bis zur Erschöpfung reitet, wenn du hungernd ein Dirndl trägst. Ich hätte mir echt nicht gedacht, dass dich sowas geil macht, Sexsklavin von jemanden zu sein, der in Lederhose auf Dirndln reitet. Du bist echt nicht normal.>> *Oder?*

Maria antwortet verärgert, <<Jetzt hör endlich auf. Ich bin nicht seine Sexsklavin. Ich habe das nur deswegen gemacht, weil das lustig ist.>>

Thomas schüttelt den Kopf und sagt, <<Das kann doch nicht dein Ernst sein. Ich hoffe, dass er nicht dein Mann

des Lebens wird, da so jemand ist echt nur ein Kasperl. Die Akrobaten im Zirkus sind doch sicher was Besseres als er.>>

Paul antwortet, <<Nur weil ich im Sport nicht so gut bin, muss ich deswegen nicht gleich was Schlechtes sein. Ich mache gerade den Master in Informatik und ich achte auch auf meine Gesundheit. Ich rauche nicht. Ich trinke auch nicht so viel und ich esse manchmal Gemüse.>> Thomas sagt, <<Okay. Aber auf solche Nerds stehen Frauen eigentlich nicht so sehr wie auf Sportler. Aber manche Nerds sind wenigstens auch sportlich.>> Maria sagt zu Paul, <<Tut mir wirklich leid, dass sich mein Dad so aufführt. Er ist es nicht gewohnt, dass ich einen Freund nach Hause bringe.>> Thomas antwortet, <<Ich habe schon mal jemanden bei uns zu Hause gesehen, und er hat mir wesentlich besser gefallen.>> Maria darauf, <<So ein arroganter Macho interessiert mich aber nicht. Außerdem war er mir zu langweilig.>> Thomas sagt zu Paul, <<Gar nicht mal so übel, dass du jetzt den Bachelor hast. Wie kommst du mit dem Master voran?>> Paul antwortet verstimmt, <<Hm, Nicht so gut.>> Thomas klopft ihm auf die Schulter und sagt, <<Naja, den Bachelor hast du jedenfalls schon.>>

Nach dem üblen Gespräch mit Sportlehrer Thomas schaut sich Paul Marias Zimmer an und entdeckt dort Poster vom Zirkus, Bücher, Puppen, Stofftiere und ein Laptop. Paul schaut zu den Zirkuspostern und sagt, <<Sieht interessant aus. Ich würde gerne mal sehen, welche Kunststücke du

draufhast.>> Maria antwortet, <<Ich kann dir gerne welche zeigen.>> Zum Schluss schaut sich Paul auch das Zimmer von seinem ehemaligen Sportlehrer an und entdeckt dort Poster von Bayern München und auch einen Fan-Schaal. Zum Schluss wird ein gemeinsames Treffen am Oktoberfest vereinbart, Paul verabschiedet sich von Marias Papa und wird von Maria zurück zu seinen Eltern, ohne Beachtung der Verkehrsregeln gebracht.

Nun sind Paul und Maria wieder in der Wohnung von Pauls Eltern. Maria und Paul sehen bereits Hans und Linda, nun ebenfalls in Tracht. Für Paul hat seine Mutter noch nie so erotisch ausgesehen. Die launische Linda sagt aufgeregt zu Paul, <<Ich habe mir schon solche Sorgen um dich gemacht. Ich hoffe, du bist nicht komplett fertig.>> Linda drückt ihren Sohn, gibt ihm einen Kuss auf die Wange und fährt fort, <<Jetzt sag schon, wie es dir geht.>> Paul antwortet, <<Es ist gegangen. Die Tour war nicht so anstrengend.>> <<Aso, dann wart ihr hoffentlich eh nur auf einem kleinen flachen Berg wandern.>> <<Ja. Bis zum Gipfelkreuz, und wir haben auch ordentliche Pausen eingelegt, damit ich mich nicht fertiggemacht habe.>>

<<Gott sei Dank. Ich finde das unglaublich, was du durchgezogen hast. Ich bin stolz auf dich. Ich sollte wirklich damit aufhören, dich wie einen Waschlappen zu behandeln, weil du doch eh nicht so unsportlich bist.>> Maria grinst wegen dem unpassenden Auftritt Lindas. Aber Paul und Maria wollen nicht beschreiben, was

wirklich vorgefallen ist, weil Linda sonst möglicherweise auch so wie Marias Papa ein anderes Drama daraus machen könnte. Aber nun wirft Linda einen strengen Blick auf Maria.

Maria hört auf zu grinsen, blickt ebenfalls kritisch zurück und denkt, *Wenn du wüsstest, was ich erst durchmachen musste. Aber lassen wir das lieber. Nicht dass du mich dann auch so bemitleidest.* Nun weist Maria daraufhin, wo sich Pauls Familie mit ihr und ihrem Vater treffen könnten und danach verabschiedet sie sich auch schon wieder. Anschließend legt Linda die Schmutzwäsche in die Waschmaschine. Sie sieht auf Pauls Unterhose einen Fleck und entdeckt dabei den Geruch von Spermien. Pauls Unterhose ist voll davon. Das schockiert Linda und macht sie nachdenklich.

In der Mittagszeit des Sonntags befindet sich nun Pauls Familie in dem Eck, wo sie sich mit Maria und ihrem Papa treffen sollten. Sie tragen nun ihre neulich gekaufte Tracht. Sie sehen auch schon auf einer Sitzbank eines Imbissstandes Maria winken. Neben Maria und Thomas sitzt eine weitere junge Frau im Seidendirndl und ein junger Mann, ebenfalls in Lederhose.

Thomas trägt ebenfalls auch eine Lederhose, und die erneut geschminkte Maria dasselbe Kleid und dieselben Stiefel wie gestern. Die andere junge Frau trägt unter dem Dirndl eine Strumpfhose. Linda und die eine junge Frau sind ebenfalls geschminkt. Aber sie tragen Stöckelschuhe.

Pauls Familie setzt sich zu den vier ebenfalls in Tracht gekleideten Menschen.

Linda stellt erschreckt fest, dass Pauls ehemaliger Sportlehrer Thomas neben Maria sitzt. Er ist auch Lindas Lehrerkollege. Mit ihm versteht sie sich nicht so gut. Nachdem sich Pauls Familie mit den anderen Menschen gegenseitig begrüßt haben, fragt Linda Maria schockiert, <<Ist das dein Vater?>> <<Ja.>> Die neue junge Frau sagt, <<Ich bin Anna.>> Der junge Mann sagt, <<Ich bin Jürgen.>> Linda fragt, <<Seid ihr Geschwister?>> Anna darauf, <<Ich bin Marias Schwester.>> Jürgen antwortet, <<Ich nicht. Ich bin Annas Freund.>> Anna sagt, <<Ich und Jürgen tanzen Ballett.>> Jürgen antwortet mit strenger Stimme, <<Musst du das denn überall herumerzählen?>> Anna darauf, <<Ist doch nicht so schlimm. Es gibt auch genug Jungs, die Ballett tanzen.>> Jürgen erwidert, <<Ach echt? Bei der Werkstatt, wo ich arbeite, machen sich die anderen Männer über mein Hobby lustig.>> Hans fragt Jürgen, <<Was machst du beruflich?>> <<Ich bin Automechaniker.>> Paul antwortet, <<Das ist ein wirklicher männlicher Beruf für einen Balletttänzer.>>

Anna sagt, <<Jürgen möchte Profi werden, damit er sein Geld nicht mehr als Automechaniker verdienen muss.>>

Hans, Paul, Maria kichern, Jürgen grinst unterdrückend und schämend, während Linda verärgert und besorgt ist, weil Pauls ehemaliger Sportlehrer Thomas Pauls Schwiegervater werden könnte. Thomas passt diese Situation, Paul als Schwiegersohn zu haben, auch nicht.

Anna sagt, <<Ich möchte auch Profi werden und halte mich vorerst als Frisöse über Wasser.>> Paul sagt, <<Jürgen sollte auch Frisör werden. Sowas passt besser zu Balletttänzern.>> Jürgen sagt zu Paul verärgert, <<Hey, Kannst du mal ruhig sein?>> Thomas fragt Paul, <<Was machst du überhaupt für einen Sport?>> <<Ich gehe wandern, Ski fahren und schwimmen.>> Thomas antwortet, <<Ach wirklich, eigentlich hast du dich gestern von meiner Tochter bei der Wandertour die meiste Zeit herumtragen lassen.>> Linda mischt sich ein, <<Ist nicht dein Ernst?>> Nun fragt sie Maria, <<Hast du ihn wirklich den meisten Wanderweg bis zum Gipfelkreuz und wieder zurück getragen?>> Maria antwortet, <<Ja. Schließlich wollte ja ich ausprobieren, ob ich das schaffe.>> Thomas sagt, <<Und die Maria hat, während sie Paul getragen hat, nicht einmal was gegessen.>> Paul denkt, *Oje, Ich hoffe nur, dass Mama nicht ausrasten wird. Nicht dass sie mir vorwirft, total rücksichtslos gegenüber Maria gewesen zu sein.*

Jürgen grinst, Linda schaut entsetzt und sagt, <<Was? Das kann doch nicht dein Ernst sein. Wie kann man sich denn sowas nur antun?>> Linda schaut energisch zu Paul, <<Das soll also der Grund dafür sein, warum deine Unterhose so nach Spermien gestunken hat. Das ist voll pervers und rücksichtslos von dir gewesen.>> Jürgen und Anna grinsen. Paul darauf, <<Die Maria hat mich doch so sehr dazu gedrängt, dass sie mich herumtragen soll. Ich wollte das doch eh nicht, weil ich um sie besorgt war.>> Linda schreit, <<Darauf geht man nicht ein. Sie hätte doch sterben können. Aber du hast es ja stattdessen einfach

genossen.>> Paul schaut verzweifelt und Hans schreit, <<Jetzt reichts. Wir sind hier nicht alleine.>> Maria antwortet, <<Ich wäre eh nicht gestorben. Ich kann mich selbst gut einschätzen, weil ich mich mit Sport und Ernährung gut auskenne.>> Linda darauf, <<Von wegen, du überschätzt dich wirklich, und ich finde das vom Paul wirklich krank, dass er sich daran auch noch total aufgeilt.>> Hans schreit, <<Linda! Es reicht jetzt. Alle Leute schauen schon. Ich werde jetzt dann bald gehen.>> Thomas sagt, <<So ist nun mal euer Sohn. Er ist einfach nur ein perverser Pascha.>> Maria antwortet, <<Das war doch gar nicht so schlimm. Es hat mir Spaß gemacht. Es gibt überhaupt keinen Grund, daraus ein Drama zu machen.>> Hans sagt, <<Meine Frau ist öfters so hysterisch. Sie macht immer wieder aus irgendwelchen Dingen ein Drama.>> Linda verschränkt ihre Arme und stöhnt auf.

Thomas antwortet, <<Ja. Das ist nicht gut, wenn Mütter so sind, weil Kinder auch eine gewisse Härte verkraften müssen. Ich denke, dass Paul wegen Lindas Empfindlichkeit so unsportlich ist.>> Linda schaut wütend zu Thomas und fragt, <<Warst du denn nicht besorgt um deine Tochter?>>

<<Naja, sie wird schon wissen, was sie sich antut. Aber dein Sohn hat bereits gesagt, dass er trainieren wird, damit er nicht mehr so lang von meiner Tochter herumgetragen werden muss.>> Jürgen sagt, <<Unsportlichkeit ist wohl männlicher als Ballett.>> Anna

klopft Jürgen auf die Schulter und sagt, <<Genau.>> Jürgen schaut blöd und ist nachdenklich wegen seiner Aussage. Thomas sagt, <<Ach, der Paul wird schon einen männlichen Sport machen. Vielleicht sowas wie Fußball oder Boxen, anstatt auf meiner Tochter zu reiten.>> Es wird erneut gekichert und Linda denkt, *Oh nein. Bringe ihn bloß nicht auf so blöde Ideen.* Anna sagt zu Pauls Familie, <<Jetzt habt ihr uns noch gar nicht erzählt, was ihr so macht.>> Pauls Familie erzählt Marias Familie und Annas Freund Jürgen, was sie so machen. Linda erzählt auch, wie Lehrerkollege Thomas ihren Sohn beim Sport schikaniert hat. Thomas bezichtigt sowas aber als richtige Maßnahme, jemanden anzutreiben. Es entsteht wieder ein Streit. Inzwischen haben alle schon was gegessen und getrunken.

Paul, Maria, Anna und Jürgen gehen Autodrom fahren, während Hans und Linda sich anschauen, was es bei den Krämern alles zu kaufen gibt. Auf dem Rummelplatz vom Oktoberfest gibt es jede Menge Krämer und Vergnügungsanlagen. Es ist laut, und es sind überall viele Menschen. Ein großer Anteil von ihnen trägt Trachtenmode.

Thomas beobachtet neugierig, wie sich Paul beim Autodromfahren anstellt. Paul und Maria stellen sich ganz gut an. Später setzt sich auch Thomas in ein Autodrom. Er ist auch nicht schlecht, und es gelingt ihm, in Paul reinzufahren. Später fährt Maria in ihren Vater rein, und auch Paul gelingt seine Rache an Thomas.

Während Hans und seine sensible Linda nicht hier sind, schlägt Thomas Paul vor, <<Was hältst du davon, wenn wir zur Geisterbahn gehen?>> Paul ist schon mal, als er 10 war, heimlich mit Hans die Geisterbahn gefahren, weil Linda so sehr dagegen war. Im Gegensatz zu Hans hat sich Paul etwas gefürchtet. Aber Hans hat Linda davon auch erzählt, dass er es heimlich mit Paul getan hat. Sie hat sich dann auch daran gewöhnt, dass Paul psychisch nicht mehr so das Weichei ist. Linda war es später sogar recht, dass Paul Filme anschaut und Videospiele spielt, die für Pauls Alter ungeeignet sind. Nur Paul hat sich nicht darum bemüht, sich auch körperlich viel anzutun.

Deswegen ist Linda immer noch besorgt, wenn sich Paul körperlichen Härtetests unterzieht. Paul geht darauf ein, nun gemeinsam mit Thomas, Maria, Anna und Jürgen die Geisterbahn zu fahren. In der Geisterbahn sind hässliche Kreaturen zu sehen, die laut schreien und ganz plötzlich auftauchen. Paul, Thomas, Maria, Anna und Jürgen scheinen Spaß daran zu haben, ohne sich besonders zu fürchten.

Nachdem Paul gezeigt hat, dass er gut in Autodromfahren ist und dass er auch kaum Angst in der Geisterbahn gehabt hat, ist Thomas auch schon etwas zufriedener mit Paul. Aber nun muss sich Paul einem neuen Härtetest unterziehen. Thomas weist Paul den Weg zu einer Freizeitanlage, wo zwei Menschen ganz schnell in die Höhe geschossen werden und anschließend in weiter Höhe als Folge des schnellen Aufwärtsschusses horizontal gedreht werden. Es ist die wahrscheinlich ärgste Freizeitanlage. Dort kann man so richtig Todesangst bekommen. Als erstes probieren Anna und Jürgen dieses Gerät aus. Die beiden sind dabei diesmal ganz aufgeregt. Als nächstes steigt Thomas mit seiner Tochter Maria auf dieses Gerät. Witzigerweise ist der Macho Thomas dagegen weniger abgehärtet als Tochter Maria. Er ist bei der schnellen Drehung zwischen Erde und Himmel auch so schockiert wie Tochter Anna und ihr Freund Jürgen. Maria hat daran nur Spaß und schreit nicht. Nun sollte Paul an der Reihe sein.

Aber er überwindet sich vor lauter Angst nur langsam dazu, sich auf das Riesenfoltergerät zu setzen, und Maria setzt sich neben ihn. Maria findet Gefallen an diesem Gerät. Aber Paul ist während der Drehung in der Höhe total verzweifelt. Er verliert die Orientierung, bekommt Todesängste und wünscht sich dringend, dass es bald aufhört. Danach ist Paul schlecht und schwindlig. Paul hockt sich auf den Boden und Maria fragt Paul, <<Ist alles okay?>> Paul antwortet, <<Nein, mir ist schlecht und schwindlig. Das war furchtbar.>>

Die fünf Menschen beschließen, vor dem Gerät nicht auf Pauls Eltern zu warten, weil Linda sonst einen Anfall kriegen könnte. Thomas weist nun die vier jungen Leute zu „Hau den Lukas" hin. Thomas und Jürgen erzielen beim Schlagen das beste Ergebnis. Als nächstes sind Anna und Maria dran. Es ist auch recht gut. Paul ist als letztes dran und bringt das schlechteste Ergebnis. Thomas zeigt sich mit dem Gesamtergebnis, das bei den Härtetests mit Paul herausgekommen ist, nicht sehr zufrieden und sagt zur Maria, <<Ich hoffe, du bist auf Anna nicht neidisch, dass sie so einen tollen Mann hat.>> Maria antwortet, <<Passt schon. Paul hat sich dafür im Autodromfahren besser angestellt als Jürgen.>> Thomas sagt zur Maria, <<Aber auf dich bin ich wirklich stolz. Du hast dich überall gut geschlagen.>> Zu den anderen sagt Thomas, <<Und mit den anderen bin ich auch zufrieden. Und Paul! Das wird schon. An dir werden wir noch arbeiten.>>

Thomas klopft Paul auf die Schulter. Inzwischen stehen schon Pauls Eltern vor dem „Hau den Lukas". Linda fragt, <<Wo wart ihr denn eigentlich?>> Thomas antwortet, <<Ach, wir haben derweil die Freizeitanlagen genossen.>> Linda fragt, <<Welche waren das?>> <<Zuerst Autodrom, dann Geisterbahn, irgend so eine Todeskugel und jetzt gerade „Hau den Lukas".>>

Linda fragt besorgt, <<Was für eine Todeskugel?>> Thomas zeigt mit dem Finger zum Riesengerät, das gerade jemanden in die Luft schleudert und sagt, <<Dort drüben!>> Linda fragt besorgt, <<Da ist doch nicht etwa mein Pauli Bärchen drin gewesen oder?>> <<Doch, er hat es wirklich durchgezogen. Du kannst stolz auf ihn sein.>> Hans antwortet, <<Nicht schlecht. Ihr habt euch derweil richtig amüsiert.>> Linda fragt Paul, <<Geht es dir wohl gut, mein Schatz?>> <<Ja, es geht wieder.>> Nun probiert Hans aus, was bei ihm herauskommt. Das Ergebnis ist weniger gut als das von Thomas Töchtern. Aber immerhin besser als das von Sohn Paul. Für Paul und Hans ist es provokant, aber zugleich auch sexuell erregend, dass sie schwächer sind als Thomas attraktive geschminkte Töchter, die auch ganz erotische Landtracht tragen. Die beiden süßen Mädels belächeln frech die beiden Herren, die in ihrer Demütigung aufgegeilt sind. Paul fragt Linda, <<Möchtest du auch mal ausprobieren, was für ein Ergebnis bei dir herauskommt?>> <<Nein, ich habe nicht wirklich Lust auf sowas.>>

<<Jetzt komm schon. Ich will doch nur wissen, was bei dir herauskommt.>> Linda willigt nun ein, mit dem Hammer auf den Knopf zu schlagen. Paul ist erleichtert, dass er gerade noch stärker ist als seine Mutter. Hans antwortet, <<In unserer Familie habe also ich gewonnen. Wer war bei euch Sieger?>> Jürgen antwortet, <<Ich habe gerade noch Thomas geschlagen.>>

Danach geht Thomas zum FPD-Bierzelt, dass von dieser rechten Partei beim Münchner Oktoberfest eingerichtet wurde. Maria, Anna und Jürgen wollen sich als Models für die Trachtenmodeschau bewerben. Leider ist nur Maria hübsch genug, um dafür genommen zu werden. Jürgen und Anna bleiben enttäuscht, sind auf Maria etwas neidisch und setzen sich neben Thomas zum

FPD-Bierzelt. Die beiden gehen aber nur deswegen dorthin, um bei Thomas zu sein und nicht, weil sie selber auch rechts sind. Maria geht ins FPD-Bierzelt, um Thomas darauf hinzuweisen, dass die Trachtenmodeschau um 16 Uhr beginnt und sie sich dort auch präsentieren wird.

Thomas verspricht, dass er dort sein wird. Er hört sich derweil solche Reden an, von einem ganz fürchterlichen Rechtspopulisten, der mit teils unpassender Hetze kommt wie zB. <<Es ist echt blöd, dass man das überhaupt zulässt, dass so viele Ausländer zu uns kommen, wenn sie dafür, dass wir sie mit unseren Steuergeldern versorgen, dann auch noch Terroranschläge machen.>>.

Anna sagt zu Thomas, <<Es sind doch kaum welche von den Flüchtlingen Terroristen. Es sind doch eh fast alle friedlich.>>

Die nächste Aussage vom Rechtspopulisten wäre, <<Arbeitslose fühlen sich sexuell erregt, wenn sie von anderen Menschen leben, weil es sie geil macht, andere Leute arbeiten zu sehen und selber nichts zu tun.>> Diese Aussage spricht Thomas positiv an, während Jürgen und Anna dabei den Kopf schütteln. Anna sagt zu Thomas, <<Die Arbeitslosen bekommen doch kaum was. Sie haben doch trotzdem bei weitem nicht so ein schönes Leben wie wir.>> Thomas antwortet, <<Manche sind genügsam und kommen daher gut damit klar.>> Anna darauf verärgert, <<Das muss nicht sein. Es gibt welche, die darunter wirklich leiden. Manche Menschen hätten gerne einen Job und Hartz 4 ist wirklich wenig.>>

Da die Rede vom FPD-Politiker so schlimm ist und Thomas sich davon auch noch mitreißen lässt, beschließen Jürgen und Anna nun schon um 15 vor 16 zur Modeschau zu gehen, ohne Thomas darauf aufmerksam zu machen, dass sie jetzt beginnt. Sie würden es lustig finden, wenn Thomas im Bierzelt bliebe und darauf vergessen würde, seine Tochter Maria beim Modelauftritt zu beobachten. Vor allem deswegen, weil es Maria nicht so sehr passt, dass ihr Vater rechts ist.

Die nächste Aussage vom FPD-Politiker ist, <<Die Homosexuellen bespannern uns. Sie können sich nur an gleichgeschlechtlichen Menschen aufgeilen und tun das natürlich auch. Sie stellen sich dann alle möglichen Versautheiten vor und wollen oft unsere Kinder dazu bekehren.>>

Auch Pauls Familie ist mittlerweile schon im Publikum der Modeschau. Bei der Modeschau treten ein paar Männer mit Lederhosentracht und Frauen mit Lederhosen und Dirndltracht auf. Darunter auch Maria. Die Frauen präsentieren sich in kurzen und langen Dirndln. Moderiert wird die Show von einem Mann in Lederhose und einer Frau im Dirndl. Die beiden erklären, welche Mode präsentiert wird, und dass beim Oktoberfest die Tracht üblich sei. Dazu wird auch eine wechselnde Musik gespielt. Maria präsentiert auf dem Catwalk akrobatische Kunststücke wie Handstand, Handüberschlag und Salto. Auch rückwärts. Maria trägt dabei genauso wie die anderen weiblichen Models meistens ein Dirndl. Aber meistens fast immer aus Sicherheitsgründen Schuhe ohne Absätze, im Gegensatz zu den anderen Frauen. Von Marias Auftritten ist das Publikum begeistert. Paul bekommt eine Erektion und ist überwältigt, so eine

Freundin zu haben. Die männlichen Models fühlen sich provoziert und versuchen mit ihr mitzuhalten. Ihre Kunststücke sind aber nicht so gut wie die von Maria.

Um sich auch anders beeindruckend zu zeigen, führen die männlichen Models mit Maria Hebe- und Wurffiguren durch. Das Publikum gerät total in Stimmung, weil es gar nicht damit gerechnet hat, dass sich so ein Spektakel abspielen wird bei der Modeschau. Aber Jürgen und Anna sind neidisch, weil sie selber nicht einmal bei der Modeschau mitmachen dürfen, während Annas Schwester Maria ganz viel Applaus erntet, und Thomas vergisst in der Zwischenzeit tatsächlich darauf, Maria bei der Modeschau zu beobachten.

Nach der Modeschau küssen sich Maria und Paul. Paul bekommt einen noch größeren Ständer, während er seine im Dirndl gekleidete Akrobatin küsst. Die männlichen Models starren die beiden derweil an. Paul kann es einfach nicht glauben, von so einer Frau geliebt zu werden, und seine Eltern sind auch überrascht von seinem Glück. Maria fragt verärgert ihre Schwester Anna, <<Wo bleibt schon wieder Papa?>> <<Er hat wohl vergessen, dich bei der Modeschau zu beobachten, weil er anscheinend besseres zu tun hat.>> <<Aso, was für ein Müll wurde im FPD-Zelt schon wiedererzählt?>> <<Frage lieber nicht. Diesmal waren die Hetzreden ganz schlimm.>> Maria wird starr und sagt, <<Oh, das ist wohl der Grund, warum das Bierzelt für ihn interessanter ist als ich.>> Jürgen antwortet, <<So ist es.>>

Paul sagt, <<Das ist echt schade, dass dein Papa nicht gekommen ist. Er hat wirklich was verpasst. Sich rassistische Reden anzuhören, kann doch nicht so wichtig sein.>> Später kommt Thomas und sagt, <<Tut mir leid, dass ich erst jetzt gekommen bin. Ist die Modeschau schon vorbei?>> Maria antwortet wütend, <<Allerdings. Was war denn so interessant, weswegen du darauf vergessen hast?>> Thomas antwortet verlegen, <<Da war eigentlich nicht wirklich was Besonderes los. Nur das übliche Hetzgerede gegen Ausländer und eben die neue Sicherheitsplanung und der Abbau von überflüssigen Ausgaben. Was eben alles wegen der jetzigen Regierung in Ordnung gebracht werden muss.>> Anna antwortet, <<Es war diesmal eine wahrscheinlich schon rechtsextreme Rede, die Papa anscheinend gefesselt hat.>> Danach erzählen Jürgen und Anna, was der FPDler vorgetragen hat

Maria reagiert darauf empört und Thomas antwortet, <<Ich war deswegen ganz aufgeregt und wollte das eben weiter mitverfolgen, was er alles für einen weiteren Mist erzählt.>> Maria darauf wütend, <<Aber unter solchen Umständen sollte es doch wohl kein Problem sein, abzuhauen.>>

Thomas antwortet nervös, <<Ich war schon schockiert. Aber ich würde solche Aussagen nicht befürworten. Zumindest nicht alle. Es war einfach wild, und ich habe deswegen auf alles andere vergessen.>>

Maria antwortet mit ruhiger Stimme, <<Weißt du was? Ich werde heute bei Paul übernachten, weil von deinem Verhalten bin ich echt enttäuscht.>> Auch Linda ist verärgert über Thomas und er bereut es auch, durch sowas auf die Modeschau vergessen zu haben.

Maria fährt nun zu Pauls Familie und Thomas trinkt vor dem Fernseher aus Frust Bier, obwohl der Tag davor recht lustig verlaufen ist. Auch schon vor dem Bierzelt. Aber halb so schlimm. Er hat schon mal solche Auftritte von seiner Tochter gesehen und kann es auch beim nächsten Mal sehen.

Paul und Maria liegen mit ihrem Trachtgewand eng beieinander in Pauls Bett. Sie küssen sich und schauen sich verliebt an. Paul wagt es erneut, unter Marias Dekolletee zu greifen. Maria macht den Mund auf.

Anschließend steckt Paul seine Hand in die Unterseite von Marias Kleid rein und greift dorthin, wo ihre Vagina ist. Maria wird geil bei Pauls Zudringlichkeit. Danach zieht Maria Pauls Lederhose aus, schmeißt sie auf den Boden und greift als Revanche auf Pauls Penis, der wieder mal hart ist, im Gegensatz zu seinen anderen Muskeln. Danach legt sich Paul auf Maria drauf. Maria spürt an ihrer Muschi seine Erektion. Zugleich greift Paul auch auf ihre Brüste. Maria starrt Paul etwas schockiert an, während er an ihren Brüsten reibt. Durch das Kribbeln von Pauls Penis fängt Paul unbewusst damit an, sich in Unterhose auf Maria zu reiben. Paul wird wegen seiner plötzlichen Zudringlichkeit nervös und stoppt daher das

Penisreiben und Brustreiben. Stattdessen küsst er sie weiter, während er auf ihr oben liegt. Pauls sexuelle Erregung ist wieder mal stärker als Marias. Danach schlafen die beiden. Paul schläft schnell ein. Sie scheinen sich schon recht nah zu sein. Aber zum Sex ist es noch nicht gekommen.

Am nächsten Tag fängt für Paul wieder die Uni an. Paul wird wieder mal von seiner Mutter frisiert. Aber nicht mehr irgendwie kindisch angesprochen. Er findet es allerdings toll, von seiner Mutter auf beide Wangen geküsst zu werden. Vor allem, weil sie sich gleich wie gestern geschminkt hat und wieder das Dirndl trägt. Sie fährt so auch in die Schule. Vater Hans hingegen fährt ohne Trachtengewand zur Bank, weil es an so einem Arbeitsplatz schon zu unpassend wäre.

Maria hingegen geht nach dem Frühstück zum Sporteln. Normalerweise sind Pauls Eltern dagegen, dass Menschen, die man gerade erst kennt, alleine in ihrem Haus zurückbleiben. Aber da sich herausgestellt hat, dass Maria die Tochter von Lindas Lehrerkollegen Thomas ist, wurde ein Auge zugedrückt.

Kurz nachdem Paul von der Uni nach Hause gekommen ist, möchte Maria Paul etwas fragen, <<Was hältst du von Sado-Maso?>> Paul meint, <<Sowas hast du mir auf der Alm gezeigt. Naja, es ist schon lustig.>> <<Und gefällt dir auch der andere SM? Der eine, den du vielleicht auch kennst.>> <<Was für einer soll es sein?>> <<So einer, den du bereits im Fernsehen gesehen hast. Hast du sowas

schon kennengelernt, bevor wir Wandern waren?>> <<Ja. Ist sicher interessant zum Anschauen.>> <<Und was würdest du davon halten, wenn wir selbst mal sowas ausprobieren?>> Paul wird nervös und meint, <<Okay.>> Kurze Zeit später meint er, <<Wer von uns ist Sklave?>> Maria antwortet, <<Du.>> <<Okay. Aber sei nicht zu fies zu mir.>> Maria lächelt kurz und meint, <<Wie süß. Ich werde schon nicht zu fies sein.>> Sie zieht ihre Lederstiefel an, ihren Sport-BH aus und holt die Handschellen aus ihrer Tasche heraus. Den weißen Rock lässt sie an. Paul meint, <<Meiner Mutter gefällt es nicht, wenn man in dieser Wohnung Schuhe anhat.>> <<Wann ist sie da?>> <<Wahrscheinlich kommt sie in einer Stunde nach Hause.>> <<Dann haben wir ja genug Zeit. Sollen wir mal eine kleine Kostprobe in deinem Zimmer machen?>> Paul meint, <<Okay.>>, folgt Maria in sein Zimmer und denkt, *Was hat sie schon wieder mit mir vor?* Paul fragt, <<Wozu braucht eine Domina Stiefel?>> <<Das hängt damit zusammen, dass sie eine Kriegerin ist, die ein festes Schuhwerk braucht für schweres Gelände. Stiefel schützen auch etwas die Beine, falls der Sklave rebelliert. Aja, da fällt mir ein, dass Sklaven völlig schutzlos sein müssen. Deswegen musst du alles bis auf deine Unterhose ausziehen.>>

Paul denkt, *Die Stiefel allein werden wohl kaum Schutz gegen rebellierende Sklaven bieten. Da wäre wohl eher ein kompletter Lederanzug hilfreicher. Zum Glück möchte in dieser warmen Jahreszeit kaum jemand sich so warm anziehen.* Paul zieht alles bis auf seine Unterhose aus. Auf Marias Befehl legt er sich mit der Bauchseite in sein Bett und lässt seine Hände an das vordere Ende seines Bettes fesseln. Anschließend packt Maria die nächsten Handschellen aus ihrer Tasche aus und fesselt seine Beine an das hintere Ende seines Bettes. Paul bekommt Gänsehaut.

Maria fragt ihn, <<Wie fühlst du dich?>> <<Ich habe Angst und fühle mich geil. Hast du schon mal mit jemanden SM betrieben?>> <<Bisher habe ich sowas ähnliches nur mit dir auf dem Berg gemacht.>> <<Okay. Ich hoffe, du machst es richtig.>> <<Du hast doch nicht etwa Angst, dass es zu langweilig wird, wenn du so eine unerfahrene Domina wie mich hast.>> <<Nein, ich habe gerade echt keine Langeweile.>> <<Ich bin mir das schon lange durch den Kopf gegangen und glaube mir, ich werde nicht zu hart zu dir sein. Es soll einfach nur Spaß machen.>> Paul zappelt im Bett, um seine Bewegungsmöglichkeiten zu testen. Maria schlägt Paul auf den Hintern. Paul ruft, <<Au!>> und Maria sagt, <<Nicht bewegen! Das ist jetzt nur Bondage. Aber wir wollen ja mit dem SM loslegen.>> Obwohl Maria noch fester schlagen könnte, ist für Paul ihr Schlag gerade noch auszuhalten. Paul stellt wieder sich dem Druck des SM anstatt ihn abzubrechen und vertraut Maria. Maria befiehlt, <<Singe ein Lied!>> Paul denkt nach und singt, <<Alle meine Entchen, Schwimmen übern See, Schwimmen übern See. Köpfeln in das Wasser und schwenken in den See.>> Maria meint verärgert, <<Nicht so ein Kinderlied, dass jeder kennt. Lieber was anderes.>> Paul denkt nun länger nach und erfindet irgendwas, da er nur Kinder und Weihnachtslieder

76

auswendig kennt. Domina Maria wirft auf Paul einen verärgerten Blick, weil sie ungeduldig wartet.

Paul singt, <<Wenn ich einmal groß bin, dann werde ich ein Sklave sein und werde nur einer Domina gehören, die mich oft misshandelt. Insbesondere dann, wenn ich ihr nicht gehorche.>>

Paul denkt nach, was er bisher gesungen hat und singt weiter, <<Wenn ich einmal groß bin, dann werde ich ein Sklave sein und für meine Domina werde ich der letzte Scheiß sein.>>

Maria unterbricht mit einem neuen Po-Schlag und meint, <<Das Lied gefällt mir. Es klingt auch sehr realistisch. Nur blöd, dass du so eine schreckliche Gesangsstimme hast. Ich denke daran müssen wir noch arbeiten, damit du unterwürfige Lieder besser singen kannst.>> Etwas später setzt sie fort, <<Da du heute so brav und demütig gesungen hast, werde ich dich heute nicht so brutal foltern.>> Paul denkt, *Ich werde von einer Domina gelobt? Ein Wahnsinn. Aso, sie ist unerfahren.* Maria verrenkt Pauls Zehen. Pauls Wehlauten zu Folge geht es schon wieder an seine Schmerzgrenzen. Deshalb drückt Maria etwas lockerer, damit es wegen Pauls Demut eine Strafmilderung gibt. Weh tun soll es trotzdem und das ganze Programm ist für beide ein erotischer Genuss. Maria meint, <<Ich werde nun deine Fesseln wieder lösen.>> Maria befreit Paul von seinen Handschellen. Anschließend kniet sich Paul auf Marias Befehl vor ihr nieder und leckt ihre Stiefel. Paul richtet sich wieder auf.

Maria fragt, <<Hat es dir gefallen, von mir gequält zu werden?>> <<Ja. Domina!>> Maria zieht ihren BH wieder an und ihre Stiefel wieder aus.

Etwas später kommt Pauls Mutter Linda nach Hause und noch später taucht Iris in einem schönen Kleid mit Dekolletee auf und mit roten Lippen. Sie läutet an der Tür. Linda öffnet die Tür und Hans ist noch nicht zu Hause. Iris sagt, <<Hallo, ich wollte Paul besuchen. Darf ich reinkommen?>> Linda antwortet, <<Oh, hallo Iris. Du bist ja endlich wieder da. So eine Überraschung.>> Linda wird nervös und überlegt kurz, was sie sagen soll, <<Eigentlich ist Paul jetzt sehr beschäftigt. Er hat jetzt keine Zeit.>> <<Womit ist er denn beschäftigt?>> <<Er muss gerade intensiv für die Uni lernen und will jetzt nicht gestört werden.>> Linda schließt die Tür, und Iris geht schnell dazwischen und sagt, <<Es ist nur ganz kurz. Ich möchte ihm eine tolle Überraschung zeigen.>> Maria sieht, wie Linda versucht, Iris von der Wohnung wegzustoßen. Linda sagt laut zur Iris, <<Es geht jetzt nicht. Akzeptiere das bitte.>> Iris gibt nach und Linda schließt die Tür. Maria geht zur Tür und fragt Linda, <<Was war da los?>> <<Irgendjemand von der Uni wollte unbedingt etwas Paul zeigen. Aber er ist gerade sehr beschäftigt mit Lernen.>>

Maria denkt kurz nach und ist nun neugierig, warum gerade so eine Drängelei stattgefunden hat. Sie sperrt die Tür auf. Linda packt Maria an der Schulter und sagt, <<Jetzt warte mal. Das ist doch nicht so wichtig.>> Maria stürmt raus und sagt zur Iris, <<Hallo, ich bin Maria. Ich

bin Pauls Freundin.>> Iris bewegt sich auf Maria zu und sagt, <<Aber eigentlich bin ich Pauls Freundin.>> Maria schaut gerade etwas verärgert und fragt, <<Wer bist du und was wolltest du hier überhaupt?>> <<Ich bin Iris und ich wollte Paul besuchen.>> <<Seit wann seit ihr beide zusammen?>> <<Seit 6 Monaten. Und seit wann seid ihr zusammen?>>

Maria antwortet verärgert, <<Ich denke seit ein paar Tagen. Aber ich verstehe gar nicht, warum mich Paul bisher so an gegraben, begrapscht hat und wir uns geküsst haben, wenn er eigentlich mit dir zusammen ist. Ach, mit uns ist es sowieso vorbei. Du kannst mit ihm ruhig weiter eine Beziehung führen.>> Linda mischt sich ein, <<Warte mal Maria. Paul ist mit der Iris nicht mehr zusammen. Er hat mit ihr schon seit Monaten nichts mehr unternommen.>> Maria antwortet, <<Oh, die beiden scheinen sich aber immer noch nahe zu stehen. Ich weiß nicht so recht, ob ich ihm trauen soll.>> Linda sagt, <<Kommt doch lieber alle erst mal rein in die Wohnung, damit wir das mit Paul gemeinsam besprechen können.>> Die beiden jungen Damen folgen Linda in die Wohnung. In der Wohnung ruft Linda ihren Sohn Paul runter ins Wohnzimmer.

Paul ahnt Böses als er Maria mit Iris sieht. Linda sagt, <<Jetzt könnt ihr ihn mal fragen.>> Iris fragt Paul, <<Was hast du jetzt oben gemacht?>> <<Ich habe ein Videospiel gespielt.>> Iris darauf, <<Was für eins?>> <<So ein Stronghold-Spiel. Mittelalterliches Strategiespiel.>>

<<Und deswegen scheinst du wohl so sehr im Stress zu sein, dass ich nicht auf Besuch kommen darf. Deine Mama hat aber gemeint, dass du viel für die Uni zu tun hast.>> Paul antwortet verlegen, <<Naja, jetzt habe ich noch nicht so viel zu tun. War eben ein Irrtum.>> Alle schweigen kurz, Paul wird von den beiden jungen Damen angestarrt und fragt, <<Worum geht es denn eigentlich?>> Nach einigen Sekunden antwortet Iris, <<Es geht darum, dass du jetzt eine neue Freundin hast.>>

Paul antwortet etwas nervös, <<Ja. Wir haben auch schon seit 4 Monaten nichts mehr miteinander unternommen und deswegen bin ich jetzt mit ihr zusammen. Mit dieser Maria neben dir.>> Iris erwidert, <<Wir haben erst seit zwei Monaten nichts mehr gemeinsam unternommen.>> <<Nein. Das war auch schon lange vor den Sommerferien der Fall.>> Iris antwortet aggressiv, <<Wir haben so viele schöne Sachen miteinander gemacht. Wir hatten sogar 10-mal Sex gehabt.>> <<Jetzt ist das alles aber schon seit langem vorbei. Du musst auch akzeptieren, dass ich jetzt eine neue Freundin habe.>>

Es wird wieder kurz geschwiegen und Paul antwortet, <<Gut, dann wäre das alles geklärt.>> Maria sagt, <<Ich werde jetzt erst mal wieder nach Hause gehen.>> Paul ruft, <<Maria, was ist jetzt? Vertraust du mir jetzt?>> <<Ich weiß nicht so recht. Ich muss erstmal darüber nachdenken.>> <<Aber wir haben das doch jetzt eh alles geklärt. Ich bin mit dieser Iris nicht mehr zusammen. Was soll denn daran so schwer zu verstehen sein.>> <<Paul!

Lass mich jetzt bitte erst mal in Ruhe. Okay? Auf Wiedersehen.>> Iris sagt, <<Ich glaube, ich werde dann auch gehen.>> Paul wirft einen verärgerten Blick auf Iris. Nachdem beide gegangen sind, sagt Linda zu Paul, <<Ich habe mir eh schon gedacht, dass das im Desaster enden wird, wenn du mit einer Neuen zusammenkommst. Jetzt kannst du wohl mit keiner der beiden mehr zusammen sein. Es wäre wohl doch besser gewesen, wenn du nicht mit einer neuen zusammengekommen wärst.>> Als Hans nach Hause kommt, erzählt Linda, was mit Iris und Maria vorgefallen ist und meint letztendlich, <<Ich habe doch gesagt, dass er mit der Iris zusammenbleiben sollte.>> Paul antwortet darauf, <<Aber ich habe doch schon lange nichts mehr mit Iris am Laufen. Das sollte doch inzwischen schon egal sein.>> <<Wie du gesehen hast eben nicht.>>

Hans mischt sich ein, <<Wahrscheinlich ist die Maria nur vorerst etwas aufgewühlt wegen dem Ereignis. Ich denke, dass sie es durchaus verstanden hat und sich wieder beruhigen wird. So führen sich Weiber eben auf.>>

Paul antwortet, <<Das hoffe ich. Maria scheint eine echt wundervolle Frau zu sein. Sie ist so schön, sportlich und man kann mit ihr so toll reden und Sachen unternehmen. Vielleicht werde ich nie wieder mit so einer tollen Frau zusammenkommen können.>>

<<Doch, du würdest schon wieder mit so einer tollen Frau zusammenkommen können. Du bist doch selber schön. Außerdem wirst du ein reicher Programmierer werden. Da hast du gute Chancen bei den Frauen.>> <<Aber ich

habe doch mühsam versucht, zwei Models mit Blumen und Liebesgedichten zu verführen und es hat erst bei Maria geklappt. Das heißt, dass ich nicht so schön bin. Außerdem bin ich selber so unsportlich.>> <<Du wirst dann eh viel trainieren, um in Zukunft besser bei den Frauen anzukommen.>> <<Eigentlich will ich nicht, obwohl ich selber auf sportliche Frauen stehe.>> <<Okay, wenn du dann viel verdienst, wirst du das schon hinkriegen mit deinen Flirttechniken. Noch besser.>> Linda meint hierzu, <<Du bist wirklich ein toller Mann, und es wird genug tolle Frauen geben, die dich wertschätzen können, und ich glaube auch, dass die Maria auf deine Treue zählen kann.>>

Paul ist immer noch etwas besorgt, obwohl seine Eltern versucht haben, ihn zu beruhigen. Er legt sich etwas verstimmt ins Bett und wartet darauf, wieder eine glückliche und sichere Beziehung zu Maria zu haben. Auch Linda legt sich ins Bett. Allerdings lässt sie ihr Dirndl an und zieht nur ihre Unterhose aus. Hans lässt seinen Anzug an, zieht aber seine Hose und Unterhose aus. Anschließend geht der Sex von Pauls Eltern auch schon los. Für Pauls Eltern ist es ein toller Moment, nun in solchen Outfits miteinander zu schlafen. Hans kitzelt Linda bei den Brüsten. Das ist gar nicht so schwer wegen des Dekolletees ihres Dirndls. Linda ist bei den Brüsten sehr kitzlig und versucht Hans Arme wegzureißen. Anschließend kitzelt sie ihm beim Hals. Nebenbei ficken sie auch miteinander. Zu guter Letzt, dreht Hans Linda um, legt sich auf sie drauf und dreht sich mit ihr auf die

Seite. Er fickt sie von hinten und kitzelt sie kurz von hinten, damit sie ihn nicht zurückkitzeln kann und fügt hinzu, <<Wenn ich dich so richtig kitzle, wird mein Penis steifer, und ich werde noch geiler danach, dich zu ficken.>> Linda antwortet, <<Ahh, du bist so pervers.>> Paul bekommt das Lachen und Gestöhne aus dem Elternzimmer mit. Es stört ihm. Er will eigentlich in Ruhe einschlafen, um die Nacht hinter sich zu bringen. Er hört das Gestöhne seiner Eltern noch 10 Minuten.

Der Erotikkodex

Am nächsten Tag möchte Paul wissen, ob Maria ihm endlich vertraut. Deswegen macht er sich mit dem Fahrrad auf den Weg zu ihr. Paul hat Angst vor der Reaktion seines Ex-Sportlehrers Thomas. Wahrscheinlich hat Thomas seine Tochter Maria gegen Paul aufgehetzt. Paul läutet nun an der Tür von Thomas Wohnung. Nun öffnet Thomas die Tür und wirft einen strengen Blick auf Paul. Paul begrüßt ihn etwas verängstigt. Da aber keine weitere Reaktion von Thomas folgt, tritt Paul in seine Wohnung ein. Paul kommt auf Maria zu und begrüßt sie ebenfalls. Sie trägt nun wieder das rote Kleid und ist erneut geschminkt. Er fragt sie, <<Vertraust du mir nun?>> Maria antwortet nach ein paar Sekunden, <<Ja, ich denke schon. Wahrscheinlich hast du mit der Iris eh nichts mehr am Laufen.>> Die beiden schweigen sich an. Nach einigen Sekunden fragt Maria den Paul, <<Ich nehme an, du bist hier, weil du mit mir sporteln willst.>> <<Nein, gerade fällt mir ein, dass ich wieder viel für die Uni zu tun habe, und deswegen muss auch wieder nach Hause.>> <<Du meinst wohl eher zu deinen Videospielen, weil dir das lieber ist, anstatt mit mir was zu machen.>> <<Was sollen wir machen?>>

Maria lächelt und sagt, <<Ich wollte dir sagen, dass wir uns bald sehr nah sein werden, weil wir eine intensive Beziehung führen werden. Vorausgesetzt, die Uni und die

Videospiele lassen dir etwas Zeit für uns.>> Paul ist begeistert und fragt, <<Das hört sich schön an. Hast du schon eine Idee, was wir machen sollen?>> <<Ich habe für unsere Beziehung ein Regelwerk entwickelt. Ich nenne es den Erotikkodex. Ich zeige ihn dir mal.>> Paul wirft gespannt einen Blick auf den Erotikkodex:

§ Treue: Der Sub darf mit niemand anderem außer seiner Domina verkehren.

§ Soziales: Der Sub ist zum Gehorsam gegenüber der Domina verpflichtet. Die Domina darf den Sub in keiner Weise weiblich nennen, und der Sub die Domina in keiner Weise männlich.

§ Abenteuer: Die Domina ist zur Sicherheit des Subs verpflichtet. Sie muss möglichst Mut, Härte ausbauen und sich wilden Herausforderungen stellen.

§ Sexualität: Die Domina und der Sub müssen mindestens dreimal pro Woche Sex oder sexuelle Praktiken miteinander haben. Davon mindestens zweimal Sex.

§ Sport: Die Domina muss täglich mindestens drei Stunden intensiv für das Kunstturnen trainieren. Der Sub hingegen muss nur zweimal eine Stunde wöchentlich ein Ganzkörperworkout machen.

§ Hygiene: Die Domina muss sich immer nach dem letzten Sport duschen. Der Sub muss sich zweimal pro Woche duschen. Beide müssen sich mindestens zweimal täglich die Zähne putzen. Immer nach einer süßen Mahlzeit.

§ Mode: Die Domina darf niemals eine Hose tragen und muss immer einen Brustausschnitt bei der Oberkleidung haben. Der Sub darf niemals feminine Kleidungsstücke tragen. Beide sind dazu verpflichtet, viele verschiedene Kleidungsstücke zu tragen.

§ Style: Die Domina muss immer geschminkt und parfümiert sein. Ihre Haare und Nägel müssen immer lang sein. Die Nägel dürfen aber nicht sehr lang sein. Der Sub muss immer kurze Haare und Nägel haben. Er darf kein feminines Aussehen haben und muss mindestens zweimal pro Woche sein ganzes Gesicht rasieren.

§ Strafen: Je härter der Verstoß gegen diese Regeln ist, desto härter müssen die Strafen für den/die Gesetzesbrecher/in sein. Die Strafen sollten abwechslungsreich sein.

Paul sagt, <<Diese Regeln gefallen mir sehr. Ist wirklich eine tolle Idee, dass du sowas für unser Liebesleben planst.>> Maria antwortet, <<Wenn dir dieser Kodex gefällt, musst du nur unterschreiben.>> <<Bin ich dann gesetzlich dazu verpflichtet, mich an all diese Regeln zu halten?>> <<Natürlich.>> Thomas wirft einen kritischen Blick auf die Paragraphen. Er schaut nicht begeistert und denkt, *Wieso will meine Tochter solche Dinge mit Paul planen. Das ist schlimmer als erwartet.* Paul hingegen steht unter Strom und ist erfreut. <<Muss der Sport auch unbedingt sein?>> <<Ja, du hast dich doch auch deiner Gesundheit zur Liebe zum Sporteln entschlossen.>> Paul ist aus Angst gerade für einige Sekunden still. Maria fragt, <<Bist du

nun bereit für deine Unterschrift?>> Paul antwortet, <<Eigentlich wollte ich dir vorschlagen, dass mit dem Sport bei mir einfach sein zu lassen.>> <<Ein bisschen könntest du aber schon auch tun, damit du etwas fitter wirst.>> <<Das ist mir aber etwas zu anstrengend. Außerdem kann ich dich noch mehr bewundern, wenn ich weiterhin auf Sport verzichte.>>

Maria lächelt und meint, <<Okay, verstehe. Das ist zwar nicht so gesund. Aber wir können das wegstreichen. Passt jetzt alles?>> Thomas wirft einen verächtlichen Blick auf Paul. Paul sagt, <<Ich würde gerne noch die Strafen wissen.>> Maria antwortet, <<Da kommt dann unsere Kreativität ins Spiel. Da gäbe es z.B. Po-Schläge, Peitschenhiebe, Kitzeln, Würgen, das Verbot von köstlichen Mahlzeiten. Du könntest zur Strafe auch ausnahmsweise Sport machen.>> <<Na gut, aber Sport soll nur als Bestrafung durchgeführt werden.>>

<<Sport ist sicher nicht nur eine Bestrafung. Wenn du lockeren Sport machst, kann das auch lustig sein. Du wirst schon sehen. Bist du jetzt mit allem anderen einverstanden?>> <<Ja.>> <<Schön. Dann werde ich den Kodex etwas umändern und danach ausdrucken.>> Das umgeänderte Formular wird von Paul und Maria unterschrieben. Maria zeigt Paul das tätowierte Weiblichkeitssymbol und das tätowierte Faustzeichen auf ihrem rechten Handgelenk. Sie zeigt auf das Weiblichkeitssymbol und erklärt, <<Das steht für Weiblichkeit. Deswegen habe ich vor, mich in Zukunft

ganz feminin herzurichten, und der Sex sollte deswegen auch häufig sein, weil der Sex bringt die Intensivität unserer Geschlechter zum Ausdruck. Die Sucht nach Männersex deutet auch auf Weiblichkeit hin.>> Nun zeigt sie auf das Faustsymbol und erklärt, <<Das steht für Stärke und Mut. Dass ich mich von nichts aufhalten lasse.>>

Paul fühlt sich wegen Maria gerade total sexuell erregt und macht große Augen. Auf ihn wirkt Maria sexsüchtig und dynamisch. Vielleicht ist gerade so eine Frau die perfekte Traumfrau, die noch erotischer nicht sein könnte. Maria weist Paul auf das Männlichkeits-Tattoo und das Faust-Tattoo, die auf Thomas rechtem Handgelenk abgebildet sind, hin.

Sie erklärt, <<Mein Papa hat auch sowas machen lassen. Er ist neben seiner Härte auch sehr männlich. Soll ich dir so eins auch auf dein rechtes Handgelenk raufmachen?>> Paul stimmt zu. Maria legt ein feuchtes Tuch über Pauls Handgelenk und drückt anschließend den Tätowier-Stift gegen seine Haut. Aber Paul kann seine Hand nicht ruhig halten, weil der Stift für ihn zu schmerzhaft ist. Maria fragt ihren Papa, <<Könntest du Paul bitte festhalten?>>

Thomas antwortet, <<Wie wäre es, wenn du ihn festhältst und ich das Spongebob-Tattoo raufmache? Das steht dafür, dass Paul genauso schwach und wehleidig ist, wie der Schwamm aus dieser Zeichentrickserie.>> <<Nein, bitte das Männlichkeits-Symbol.>> <<Das passt aber zu ihm nicht. Männlichkeit steht für Härte. Er hingegen

bringt Schande für das männliche Geschlecht.>> <<Jetzt rede doch nicht so. Paul ist wirklich toll im Vergleich zu manchen anderen Männern. Es müssen nicht immer alle Männer hart sein.>> <<Ich schaue mir nicht länger dieses perverse Affentheater an. Ich habe Wichtigeres zu tun.>>

Thomas geht rauf in sein Arbeitszimmer, um sich die Arbeiten seiner Schüler anzusehen. Maria sagt zu Paul, <<Nimm die blöden Kommentare meines Papas bitte nicht ernst. Er ist manchmal ein Idiot.>> Paul antwortet, <<Ist schon okay. Es kommen wieder interessante Erinnerungen von meiner Schulzeit auf.>> <<Hast du heute noch viel für die Uni zu tun?>> <<Naja, ich kann schon noch ein bisschen bleiben.>> <<Na gut, hättest du vielleicht Lust, in mein Zimmer zu folgen?>> <<Ja.>> Paul folgt Maria in ihr Zimmer. Beide wollen weder ihre Beziehung noch ihre Stimmung durch Thomas aufbrausendes Verhalten zerstören lassen. Sie sitzen auf Marias Bett und küssen sich. Maria fragt Paul, <<Bist du bereit?>> Paul antwortet, <<Für was?>> <<Für den Sex.>> Paul schaut erfreut und sagt, <<Ja.>> Paul zieht alles aus. Maria hingegen nur die Unterhose und die Socken. Maria legt sich ins Bett. Paul fragt Maria, <<Möchtest du vorher noch dein Kleid ausziehen?>> <<Nein. Ich will mit dem Kleid ficken.>> Maria wirft Paul auf ihr Bett und steckt seinen Penis in ihre Vagina. Paul ist aufgeregt und denkt, *Jetzt hat der entscheidende Moment begonnen. Ein Glück, dass das so ein leichtes Mädchen ist.* Maria setzt sich auf Pauls Penis in Bewegung und bewegt sich immer schneller. Pauls Puls geht schneller in die Höhe als der von Maria.

Weiters ist Pauls Stöhnen lauter als Marias. Thomas nimmt das Gestöhne mit einem finsteren Blick zur Kenntnis. Es fällt ihm dadurch schwerer, die Arbeit seiner Schüler zu korrigieren.

Maria zieht ihr rotes Kleid etwas runter, damit ihre Brustnippel zur Schau kommen. Thomas geht auf Marias Tür zu und bleibt dort stehen. Maria drückt Pauls Hände zu ihren Brüsten. Für Paul wird so viel Intimität unangenehm. Es ist auf einem Schlag so viel Erotik da, und er bekommt einen Samenerguss. Sein Penis ist ganz hart, lang und steckt tief in ihrer Vagina. Paul versucht seine Hände von Marias Brüsten wegzureißen. Aber Maria ist stärker, und somit kann Paul auch nicht dem verführerischen Parfümgeruch nach Erdbeere entkommen. Maria sagt, <<Lass die Hände auf meinen Möpsen und drücke sie ganz fest zu.>> <<Nein. Das wird mir zu wild.>> <<Aber das ist doch voll super, wenn ich während unserem Orgasmus Brustschmerzen habe und sich auch mein Gestöhne danach anhört.>> <<Lassen wir das lieber.>> Maria krallt mit ihren etwas langen Nägeln in Pauls Handgelenke. Er antwortet, <<Ahh, hey, dann werde ich eben deine Brüste zudrücken.>> <<Drücke sie ganz fest zu.>> <<Ich will dir nicht weh tun.>> Maria antwortet aggressiv, <<Ich werde es aushalten, und jetzt tu einfach, was ich dir sage.>> Aus Angst drückt Paul voll fest Marias Möpse. Maria sagt, <<Bleibe so. Ja nicht lockerer drücken.>> Marias Laute klingen nun nach Schmerzen. Sie fängt nun damit an, Paul mit vollem Tempo zu ficken. Pauls Herzschläge werden ihm zu unangenehm. Auch seine Laute klingen nun nach Leid. Paul bittet Maria um sanfteres Vögeln. Aber sie verweigert seine Bitte. Paul versucht sie wegzustoßen. Maria hält ihn fest und vögelt nun weiter mit Vollgas.

Nun ist Paul der einzige mit schmerzenden Lauten. Thomas findet es komisch, dass seine Tochter Maria so verrückt nach Paul ist, und es für Thomas Ex-Schüler hingegen zu wild ist. Thomas gefällt dieses Theater gar nicht. Er würde selber auch mal gerne wieder mit jemanden in die Kiste hüpfen. Trotzdem rettet er Paul nicht vor Maria, sondern macht wieder einen Rückzieher. Es gefällt Thomas anderseits immer wieder, wenn Paul irgendwie leidet. Nach zwanzig Sekunden stoppt Maria den Sex. Paul ist erleichtert und völlig fertig. Maria fragt ihn, <<Alles okay?>> <<Nein. Wäre es okay, wenn wir es nicht mehr so wild machen?>> <<Du könntest doch etwas Ausdauersport machen, damit du einen Orgasmus hast, ohne nebenbei so einen hohen Puls zu haben.>> <<Das heißt dann wohl Nein.>>

<<Wenn es unbedingt sein muss, werde ich mich beim Sex etwas langsamer bewegen. Aber irgendwann musst du dich daran gewöhnen, weil es mir wirklich wichtig ist, dass du den Orgasmus auf dich zukommen lässt. Sei bitte nicht mehr so zimperlich und genieße es einfach.>> <<Na gut. Ich werde mich dir zuliebe dem Druck aussetzen und auch etwas Sport machen, damit mein Herz den Orgasmus besser verträgt.>> <<Hättest du Lust, vorerst bei mir zu wohnen?>> <<Ähm.>> <<Weil ich mit dir gerne

den Erotikkodex ausprobieren würde, wenn das nicht zu viele Umstände machen sollte.>> Nach einigen Sekunden stimmt Paul zu.

Er ist aber aufgeregt und hofft, dass Thomas und Maria nicht zu durchgeknallt sind. <<Gut. Ich werde mal meinen Papa fragen, was er davon hält.>> Maria geht in Thomas Arbeitszimmer und fragt ihn, ob Paul bei ihm wohnen dürfe. Thomas gibt Paul die Erlaubnis. Paul ist überrascht und zugleich aufgeregt. Paul fragt nun über sein Handy seine Eltern um Erlaubnis.

Linda antwortet, <<Ich finde es gar nicht toll, dass du bei diesem Thomas übernachten willst. Du weißt doch eh, wie furchtbar dieser Sportlehrer zu dir war. Wenn du unbedingt mit der Maria unter einem Dach leben willst, dann solltest du mit ihr bei uns wohnen.>> <<Ich werde es bei ihm ertragen. Er ist nicht so schlimm. Es ist lustig mit ihm.>> <<Ist er zu dir nicht wieder mal ungut und beleidigend gewesen.>> <<Schon etwas. Aber das ist okay.>> <<Schätzchen, tu dir so etwas bitte nicht an. Außerdem musst du zu Hause noch viel für die Uni lernen.>> <<Das kann ich hier auch. Ich werde alles mitnehmen, was ich brauche und hier lernen. Ist alles kein Problem.>>

<<Schätzchen, lass diesen Blödsinn. Du kannst nicht einfach so dein Leben auf den Kopf stellen mit solchen blöden Aktionen. Ich werde das nicht durchgehen lassen.>> <<Mama, jetzt kapiere das doch endlich. Ich bin ein erwachsener Mann, und ich kann selbst über mein

Leben entscheiden.>> Paul legt auf und Linda sagt in ihr Handy, <<Aber Schätzchen, du.>> Linda hat das Signal gehört, dass beim Auflegen kommt.

Thomas fragt Paul, <<Welche netten Sachen hat dir deine Mami über mich schon wieder erzählt?>> <<Sie findet halt, dass du zu streng bist. Aber ich denke nicht, dass das der Fall ist. Sie wird sehen, dass wir gut miteinander klarkommen werden.>> <<Und hat sie irgendwelche Beleidigungen gegen mich ausgesprochen?>> <<Nein. Ich werde nach Hause fahren und meine Sachen herholen.>>

Paul fährt nun mit dem Fahrrad nach Hause. Er packt seine Sachen ein und meint, dass er für ein paar Tage weg sein wird. Seine Mutter Linda fordert ihn inzwischen wild dazu auf, es sein zu lassen. Sein Vater Hans findet es okay, dass Paul vorübergehend bei seinem Ex-Sportlehrer Thomas (gerne) wohnt, und er findet das Verhalten seiner Frau Linda übertrieben. Eigentlich wohnt Paul nicht so gern bei Thomas. Aber noch weniger gern hätte er die Einmischungen und das Theater seiner Mutter. Das kann Paul so gar nicht gebrauchen, wenn er mit Maria den Erotikkodex ausprobieren möchte. Vielleicht wäre Thomas das geringere Übel. Hans fährt seinen Sohn Paul mit seinem Auto nun zu Thomas. In Thomas Wohnung begrüßen sich Hans, Paul, Thomas und Maria gegenseitig.

Da der unsympathische Thomas Paul freundlich grüßt, grinst Paul etwas zurück. Hans sagt, <<Ich habe Paul deswegen hierhergebracht, weil er bei euch übernachten möchte.>> Thomas antwortet, <<Oh, das ist kein

Problem.>> Hans fragt Paul, <<Für wie lange möchtest du hierbleiben?>> <<Ich denke für eine Woche.>> Hans fragt Thomas, <<Okay. Geht das in Ordnung?>> <<Das ist kein Problem. Wir kennen uns doch alle gut.>> Hans fragt Thomas. <<Wie ist es so mit deinen Schülern?>>

<<Es geht so. Sie sind aber manchmal recht faul und unordentlich, weil die heutige Jugend denkt, dass eh alles von selbst geht. Junge Leute haben oft keine Perspektiven, weil die Eltern einfach zu viel für sie machen.>> <<Und deine Tochter ist wahrscheinlich ganz anders.>> <<Selbstverständlich. Sie macht sicher was aus ihrem Leben. Sie ist voller Energie und Tatendrang. Sie tritt im Zirkus als Akrobatin auf und betreibt Motorradrennen. Ich bin wirklich stolz auf sie, und meine andere Tochter Anna betreibt als Hobby Ballett und arbeitet als Friseurin.>> <<Wohnt sie etwa auch noch bei dir?>> <<Nein, sie ist auch schon etwas älter und wollte einfach unabhängig werden.>> <<Und Annas Freund tanzt mit ihr Ballett.>> <<Naja, sie wissen ja bereits, dass Jürgen Profi-Balletttänzer werden möchte. Das finde ich schon etwas komisch. Manche machen sich über ihn lustig und finden ihn deswegen auch schwul.>> <<Achso.>>

<<Er ist sowas natürlich nicht. Aber eigentlich sollte so etwas gar nicht mehr kritisiert werden, so wie zum Beispiel, dass manche Jugendliche nur vor dem Fernseher und Computer sitzen und Partys machen. Die Schule oder Uni vernachlässigen. Viele machen auch überhaupt

keinen Sport. Aber das ist eh alles nicht so schlimm, wie als Junge Ballett zu machen.>> <<Ach, das ist schon okay.>>

<<Ja, er ist nebenbei auch Mechaniker. Er schraubt bei Autos und Motorrädern herum. Er ist also gar nicht so unmännlich. Ich finde auch ihn in Ordnung.>>

<<Er fährt wahrscheinlich auch Motorradrennen.>> Thomas lächelt und sagt, <<Nein. Für Ballett interessiert er sich doch eher.>>

Nun mischt sich Hans in das Gespräch und meint, <<Mein Paul ist auch gut unterwegs. Er studiert fleißig Informatik, um später viel Geld zu verdienen. Er zeigt viel Interesse an Zahlen und Strukturen. Das hat er wohl von mir geerbt.>> <<Das ist toll. Freut mich, dass du so einen Sohn hast. Was sagt denn Linda dazu, dass du deinen Sohn bei mir lässt?>> <<Sie kommt damit klar.>> <<Und warum hat dann Paul so herumgeschrien, als er telefoniert hat?>> Hans denkt kurz nach, was er auf diese unangenehme Frage antworten soll, <<Sie wissen doch, dass meine Frau oft um Paul besorgt ist, wenn er irgendwelche Dinge ausprobieren möchte. Aber das haben wir geklärt.>> <<Hat sie mich beleidigt oder irgendwelche anderen üblen Kommentare abgegeben?>> <<Nein. Sie hat nur gemeint, dass Paul verrückt ist, obwohl das wirklich nicht so schlimm ist, bei jemanden zu übernachten, den man gut kennt.>> Paul denkt, *Der Thomas will sich darüber aufregen, beleidigt zu werden, nachdem er sich mir gegenüber so verhalten hat. Er kotzt mich an.* Thomas sagt, <<Aber mir

kommt vor, dass es für Linda noch schlimmer ist, den Paul bei mir wohnen zu lassen als bei jemand anderem.>>

<<Ja, wir haben sie dazu überredet, den Paul trotzdem bei dir wohnen zu lassen. So, ich muss jetzt dann auch los. Wir sehen uns dann in einer Woche wieder.>> <<Auf Wiedersehen.>>

Am frühen Abend hat Maria für sich, Thomas und Paul Würstchen gekocht. Paul trinkt gemeinsam mit den beiden Bier. Aber nun will Thomas mit Paul einen Härtetest durchführen. Thomas und Maria schmieren ihre Würste in Chilisoße. Sie sind es gewohnt, ihre Würste so zu essen. Aber Linda wehrt sich dagegen, dass Paul irgendwelche scharfen Sachen zu sich nimmt oder irgendeinen Alkohol. Deswegen trinkt Paul manchmal heimlich mit seinen Freunden Bier. Er ist aber noch nie dazu gekommen, etwas Scharfes zu sich zu nehmen. Auch schweren Alkohol hat er bisher noch nie zu sich genommen. Es war für ihn allein schon ein Triumph über seine kleinliche Mutter, überhaupt Bier zu trinken. Paul trainierte sich nicht so viel Mut und Härte an wie Maria, und er hatte stattdessen eher andere Ziele. Thomas fragt Paul, <<Möchtest du die Wurst auch mit Chili essen?>> <<Ja.>> Paul freut sich darüber, nicht bei seiner Mama zu sein, um in Ruhe harte, coole Sachen auszuprobieren. Paul schmiert auch seine Wurst in Chilisoße. Er beißt in die Wurst und verzieht sein Gesicht. Er möchte nur mehr Ketchup zu der Wurst essen. Maria und Thomas lachen über Paul und stecken in ihre Mäuler nur Chilisoße rein, um zu zeigen, wie hart sie sind. Als nächstes trinken Thomas und Maria Vodka. Paul trinkt auch davon.

Aber er ist so bitter, dass Paul nichts mehr davon will und wieder beim Bier bleiben möchte. Die anderen beiden scheinen auch Vodka gut zu vertragen. Thomas zeigt sich Paul gegenüber wieder mal enttäuscht. Thomas sagt, <<Ich gehe jetzt wieder rauf in mein Arbeitszimmer. Ihr beide wascht derweil das Geschirr ab.>> Maria nimmt das Geschirr mit und wäscht es. Thomas sieht, dass Paul immer noch herumsitzt. Ein paar Sekunden später fragt Thomas den Paul, <<Möchtest du der Maria nicht helfen?>> <<Doch, ich komme.>> Paul wäscht nun ebenfalls das Geschirr. Maria macht es flotter. Paul macht normalerweise nichts im Haushalt. Aber er will keinen weiteren schlechten Eindruck bei Thomas machen. Nach der Abwasch geht Paul für die Uni lernen und Maria liest ein Buch. Kurze Zeit später bekommt Paul einen Anruf von seiner Mutter. Sie fragt, <<Paul, wie geht es dir?>> <<Gut.>> <<Was habt ihr denn bisher gemacht?>> <<Wir haben Würstchen gegessen, und ich studiere jetzt gerade. Thomas und Maria sehen jetzt anscheinend, fern.>> <<Wie waren die beiden zu dir?>> <<Sie waren okay. Ich bin schon etwas überrascht, dass Thomas auf einmal so angenehm und ruhig geworden ist.>> <<Mhm. Nicht dein Ernst.>> <<Doch, es ist bisher alles gut gelaufen.>> <<Wie ist Maria?>> <<Sie ist ganz nett. Kann ich jetzt weiterlernen?>> <<Ist okay. Wiedersehen mein Schatz.>> <<Tschüss.>> Am späten Abend holt Maria eine Nagelschere und schneidet damit Pauls Nägel ganz kurz.

Maria sagt zu Paul, <<Jetzt, wo ich deine Fingernägel abgeschnitten habe, kannst du mich nicht mehr kratzen, falls du gegen mich rebellierst.>> Maria zeigt ihre etwas langen Fingernägel und krallt sie zusammen. Sie sagt dann, <<Ich hingegen kann mit meinen Nägeln tief in dein Fleisch krallen. Lass uns jetzt ficken.>> Paul wird nervös und antwortet, <<Okay.>> <<Diesmal ficke ich dich sanfter, damit wir es länger genießen können. Es wird dann auch nicht so weh tun.>> <<Okay. Das hört sich gut an.>> Paul zieht erneut alles aus, Maria nur ihre Unterhose. Sie lässt ihr rotes Kleid an. Paul schlägt vor, <<Aber diesmal ficke ich dich.>> <<Ich sitze erneut auf dir oben.>> <<Nein, ich meine damit, dass ich auf dir oben sitze.>> <<Nein, das wirst du jetzt nicht. Jetzt werden wir mal schauen, wie es so mit dem lockeren, langen Sex ist.>> Maria fängt damit an Paul zu ficken. Sein Penis wird nicht so schnell steifer. Nach ein paar Minuten sagt Maria zu Paul, <<Leck meine Titten.>> Paul richtet sich auf und leckt ihre linke Brust. Etwas später ihre Rechte. Maria sagt, <<Und jetzt lecke meine Vagina.>> Maria legt sich auf die Seite und Paul leckt ihre Vagina. Maria befiehlt, <<Lege derweil deine Hände auf meine Brüste.>> Paul befolgt auch diese Anweisung. Maria meint, <<Das reicht. Wir machen mit dem Ficken weiter.>> Paul richtet sich auf und fragt, <<Wie wäre es, wenn du meinen Penis leckst?>> Maria schaut böse und Paul wird nervös. <<Ich soll deinen Penis lecken?>> <<Nein. Lassen wir es lieber.>> <<Das ist wohl unverschämt, deiner Domina solch eine Forderung zu stellen.>> <<Eh. Nein. Das war

nur ein Angebot.>> <<Halt gefälligst die Klappe. Das ist wirklich unverschämt, sich so gegenüber einer Herrscherin aufzuführen. Jetzt erwartet dich eine Strafe.>> Paul gefällt es, von seiner strengen Domina so behandelt zu werden. Er findet es geil, sich vor ihr zu fürchten. Maria würgt Paul nicht ganz so fest. Etwas später fragt sie ihn, <<Na. Gefällt dir das, rebellisch zu sein?>> <<Nein. Es tut mir leid. Ich werde dir nicht mehr solche unverschämten Forderungen stellen. Tut mir leid, dass ich so entwürdigend gegenüber einem so wundervollen Kampfengel war.>> <<Gut. Dann stelle dich neben das Bett hin.>> Paul tut was Maria sagt. Maria setzt sich auf den Rand ihres Bettes und spreizt ihre Beine auseinander. Sie sagt, <<Nun musst du für lange Zeit meine Muschi lecken.>> Paul kniet sich nieder, steckt seinen Kopf unter Marias Kleid und fängt damit an. Nach 30 Sekunden greift Paul auf Marias Brüste, während er ihre Vagina leckt. Maria reißt Pauls Arme weg und sagt zu ihm aggressiv, <<Wage es ja nicht jetzt meine Brüste anzufassen.>> Paul stoppt für ein paar Sekunden das Lecken und macht danach weiter. Etwas später sagt Maria, <<Okay. Das reicht jetzt.>> <<Darf ich deine Muschi bitte weiterlecken?>> <<Natürlich. Aber nur, wenn du meine Füße leckst und anschließend meine Hand küsst.>> Paul leckt Marias Füße. Danach hält Maria ihre rechte Hand vor Paul Gesicht, und er küsst sie. Maria meint, <<Gut. Ich bin stolz auf dich. Du kannst jetzt, wenn du willst, nebenbei auch meine Brüste angreifen.>> Paul leckt erneut Marias Muschi und greift nebenbei auf ihre

Titten. Etwas später sagt Maria, <<Das reicht jetzt. Jetzt wird geschlafen.>>

Im anderen Haus gehen Hans und Linda ins Schlafzimmer ihrer Wohnung. Hans fragt Linda, <<Sollen wir heute wieder Sex haben?>> <<Sowas hast du wohl im Kopf, anstatt dir Sorgen um unseren Sohn zu machen.>> <<Du hast doch mit deinem Sohn telefoniert. Was gibt es denn für ein Problem zu berichten?>> <<Paul will wohl nicht vom Problem erzählen. Er verharmlost das Verhalten von Thomas. Dir ist es scheißegal, was Thomas alles Paul antut.>>

<<Nein, das ist mir natürlich nicht egal. Wenn Paul sich bei ihm unwohl fühlt, dann wird er es uns wohl sagen. Das Problem ist, dass du immer nur über reagierst. Genau aus dem Grund will dir Paul auch nicht alles erzählen. Du musst endlich damit aufhören, immer so empfindlich zu sein. Wenn Paul unbedingt bei seinem Sportlehrer wohnen will, dann solltest du ihm das auch mal gönnen.>> Hans zieht alles aus, und Linda sitzt die ganze Zeit mit ihrem Dirndl auf dem Bett. Hans fragt Linda, <<Wieso ziehst du dich nicht aus?>> <<Ich habe eben keine Lust mich auszuziehen.>> Linda setzt sich auf Hans drauf und kitzelt ihn am Bauch. Hans packt Linda an ihren Armen und dreht sie auf die andere Seite. Er setzt sich auf sie drauf. Linda schreit, <<Nein, Stopp!>> Hans kitzelt Linda bei ihren Möpsen. Linda versucht Hans Arme wegzureißen und sagt lachend, <<Nein, Warte, Warte>>

Hans gibt nach. Linda sagt, <<Eigentlich wollte ich dich kitzeln. Aber du solltest mich nicht kitzeln.>>

Linda richtet sich auf und geht aus dem Zimmer raus. Hans ruft, <<Okay, du kannst mich kitzeln, wenn du willst!>> und denkt, *Was macht sie denn jetzt? Sie kommt wahrscheinlich wieder.* Linda kommt etwas später mit Seilen zurück. Anschließend fesselt sie Hans Hände ans vordere Ende des Bettes und seine Füße an das hintere Ende des Bettes. Linda setzt sich auf ihn drauf. Sie fängt damit an, Hans am Bauch, an der Brust und am Hals zu kitzeln. Er hält es durch und bekommt nach einiger Zeit einen Samenerguss.

Etwas später wird sein Penis schlaff. Linda hört auf ihn zu kitzeln. Hans sagt, <<So, jetzt bist aber du dran. Dann bekommst du auch einen Orgasmus.>> Linda zieht Hans an seinem linken Ohr und antwortet, <<Nein, ich habe meinen Orgasmus schon gehabt. Bei mir geht auch nichts mehr. Aber es war ein richtiger Genuss.>> <<Ach, dann schlafen wir noch etwas. Später funktioniert es dann bei uns wieder und dann bist du dran mit dem Gekitzeltwerden.>> <<Nein, es ist schon spät. Für heute läuft nichts mehr. >> <<Na gut. Dann befreie mich bitte wieder.>> Linda entfesselt Hans und danach schlafen die beiden.

Am nächsten Morgen ist bereits Mittwoch. Paul geht ins Wohnzimmer von Thomas Wohnung und sieht, wie Thomas und Maria sich die Butterbrote streichen. Paul ist es gewohnt, sich das gesamte Frühstück von seiner

Mutter richten zu lassen. Normalerweise richtet Paul sich selbst nicht einmal einen Saft. Paul empfindet dabei manchmal Geilheit, wenn er von seiner Mutter von hinten nach vorne bedient wird. Paul entscheidet sich dann doch, sich neben den anderen beiden hinzusetzen. Paul bleibt für ein paar Minuten sitzen und macht derweil gar nichts. Thomas und Maria starren Paul für einige Sekunden an und vermuten, dass er keinen Hunger hat. Paul traut sich nicht, Maria darum zu bitten, ihm das Frühstück zu richten, da er sonst befürchtet, eine Schimpferei von Thomas zu hören. Maria fragt ihn, <<Soll ich dir Frühstücksemmeln richten?>> <<Ja bitte.>> Paul fragt Maria, <<Könntest du mir bitte auch einen Saft richten?>> <<Mach ich doch gerne.>> Thomas fragt Paul, <<Ist das Teil eures Erotikkodex, dass du jetzt überall von meiner Tochter bedient wirst?>> <<Nein.>> <<Richtet deine Mutter dir zu Hause etwa auch alles?>> Paul wird nervös und lügt, <<Manche Dinge mache ich selbst.>> <<Was denn zum Beispiel?>> Paul denkt kurz nach und antwortet, <<Ich wasche das Geschirr ab und trage den Müll weg.>> <<Und Frühstück richtet dir immer jemand anders?>> <<Ja. Ich richte mir selbst eher selten das Frühstück.>> <<Das hört sich nicht gut an. Normalerweise können selbst kleine Kinder alles sich selbst richten. Du solltest wirklich mal damit anfangen selbstständiger zu werden. Das ist ja traurig.>> <<Papa. Kannst du bitte damit aufhören, immer so mit Paul zu schimpfen. Es ist schon okay, wenn man sich von anderen das Frühstück richten lässt.>> Thomas ist darüber verärgert, dass seine

Tochter Paul immer in Schutz nimmt, wenn er ihn unter Druck setzt und antwortet, <<Eine solche Bequemlichkeit ist nicht gut. Willst du etwa für den Rest deines Lebens ihm alles zum Arsch richten?>> <<Jetzt übertreibe mal nicht so.>> <<Du wirst schon sehen, was du davon hast.>> Nach dem Frühstück putzt sich Paul gemäß dem Erotikkodex die Zähne. Sonst putzt er sich immer direkt nach dem Aufstehen die Zähne. Aber nach dem Frühstück nicht mehr. Danach sagt Maria zu Paul, <<Heute wirst du aber nicht mit dem Bus, sondern mit meinem Fahrrad zur Uni fahren.>> Paul stimmt dem unmotiviert zu. Laut Erotikkodex darf Maria keine Hose tragen. Deswegen verlässt sie mit ihrem weißen Rock Thomas Wohnung. Zwischen ihrem Rock und BH ist ihr nackter muskulöser Bauch zu sehen. Sie ist auch geschminkt und parfümiert, weil sie sonst vom Paul bestraft wird, wenn sie nicht sehr weiblich und geil wirkt. Paul kontrolliert sie daher genau und fährt danach mit Marias Fahrrad langsam. Maria treibt Paul an. Sie will zwar mit dem Paul das Tempo halten, aber zugleich will sie auch schneller laufen. Paul gibt sich nun viel Mühe. Nachdem Paul bei der Uni angekommen ist, verabschiedet sich Maria von ihm und macht mit ihrem Laufsport weiter. Nach der Uni möchte Maria zur Autowerkstatt, wo ihr Schwager Jürgen arbeitet, und sie will Paul mitnehmen. Maria joggt dorthin und Paul folgt ihr mit ihrem Fahrrad. Maria treibt Paul an. Paul gelingt es nicht, mit seiner Freundin Schritt zu halten. Paul ist erschöpft und hat keine Lust mehr, sich mit Marias Fahrrad anzustrengen. Maria läuft rückwärts und lächelt dabei, weil sie gerne Paul provoziert. Sie dreht sich wieder um und läuft schnell vorwärts. Anschließend macht sie zwei Handüberschläge und zuletzt einen Salto. Danach läuft sie weiter. Nun sind die beiden in der Autowerkstatt angekommen. Sie grüßen Jürgen, und er grüßt sie zurück. Maria sagt, <<Ich bräuchte ein Motorrad für Moto Stunts. Vorerst nehme ich eine leichte langsame Maschine, die man besser kontrollieren kann.>> Jürgen antwortet, <<Hört sich gut an. Du willst also auf einem Motorrad Kunststücke vorführen.>> <<Genau.>> <<Wirklich Klasse, dass du sowas für den Zirkus einbaust. Das passt gut zusammen, wenn du sonst Akrobatik und Moto-Racing betreibst.>> Jürgen zeigt langsame leichte Bikes und erzählt von deren technischen Daten. Maria und Paul schauen sich die Geräte an. Maria meint hierzu, <<Für den akrobatischen Moto Jump bräuchte ich aber kein total lahmes Mini Bike. Der Anlauf sollte schon schnell genug sein, damit ich einen höheren Sprung machen kann und mir so mehr Zeit bleibt für Kunststücke.>> <<Ich weiß jetzt auch nicht, was da jetzt das richtige Motorrad für den Anfang wäre. Ich hole mal Markus. Er müsste sich mit sowas auskennen, wenn er manchmal auf dem Offroadgelände Motorrad fährt.>> Markus ist einer von Pauls ehemaligen Schulfeinden, von denen Paul manchmal gemobbt wurde. Paul sieht ihn manchmal beim Basketballspielen und versteht sich mit ihm etwas besser als damals in der Schule. Markus kommt und meint hierzu, <<Das ist wohl klar, dass du dich damit nicht so gut auskennst, wenn du andauernd beim

Ballett bist. Da habt ihr genau den richtigen Ansprechpartner für männlichen Sport gefunden.>>

Paul lächelt und Jürgen antwortet aggressiv, <<Hör gefälligst damit auf, vor all unseren Kunden so blöd zu reden. Du hast wirklich Glück, dass ich diese beiden Menschen kenne, weil sonst würde ich dich jetzt verprügeln.>> Markus grinst und sagt, <<Ach, das ist doch keine Schande, dass Männer beim Ballett mit dabei sind. Es gibt heutzutage schon genug Kerle, die sowas machen.>> <<Das muss aber nicht jeder wissen. Also hör gefälligst damit auf, sowas anderen Leuten zu erzählen. Jetzt ist wirklich Schluss mit lustig.>> Maria mischt sich ein, <<Markus. Ich finde so etwas auch nicht in Ordnung. Wenn der Jürgen sowas nicht will, dann solltest du sowas auch lassen.>> Markus schaut zu Jürgen und antwortet, <<Für Balletttänzer ist das Feingefühl wichtig. Sie sind deshalb wirklich ruhige Feen, die nichts von Gewalt halten.>>

Jürgen schaut verzweifelt und sagt, <<Nein. Balletttänzer sind nicht unbedingt friedlich. Ich kann dir, wenn ich will, mein Feingefühl im Wrestling demonstrieren. Ich werde dich dann ganz geschickt vermöbeln.>>

Maria mischt sich ein, <<Hört jetzt bitte auf. Markus. Du hörst auf, den Freund meiner Schwester zu provozieren. Das geht nun mal niemanden was an, welche Hobbys er hat. Jürgen könnte dich wirklich brutal niederschlagen, wenn er will. Zeig mir jetzt lieber welches für den Anfang das passende Motorrad wäre.>> Markus zeigt ein passendes Motorrad und erklärt seine technischen Daten.

Jürgen sagt, <<Ich habe jetzt eh Schichtende. Ich werde euch begleiten und mir das anschauen. Und wenn ich schon dabei bin, fahre ich mit einem etwas schnelleren Motorrad. Falls du mit dem langsameren gut zurecht kommst, kannst du es dann testen.>> Maria antwortet, <<Gute Idee.>> <<Jürgen muss jetzt zum Ballett.>> <<Sei still. Du wirst über sowas nicht weiterreden. Ich erzähle es sonst Jürgen.>> Maria sagt zu Jürgen, <<Ich muss dir noch was zeigen. Ich habe Regeln aufgestellt für einen Erotiklifestyle, den ich mit Paul ausleben will.>> Jürgen antwortet aufgeregt, <<Poor. Da bin ich aber gespannt.>> Maria zeigt Jürgen den unterschriebenen Zettel mit dem Erotikkodex. Siehe Seite 83. Jürgen antwortet mit einem Grinser, <<Poor. Ist ja cool. Warum möchtet ihr auf Kaffee verzichten.>> <<Weil nicht nur Zigaretten, sondern auch Kaffee schlecht für die Schönheit der Zähne ist. Kaffee verfärbt nämlich die Zähne.>> <<Okay. Ich trinke eh nur selten Kaffee. Ich muss das mal fotografieren und der Anna zeigen.>> Jürgen fotografiert mit seinem Handy Marias Erotikkodex. Danach schleicht sich Markus hinter Maria an und schaut sich den Erotikkodex an. Maria ruft, <<Ich möchte dir noch was zeigen.>>

Maria zeigt mit ihrem Zeigefinger auf das Weiblichkeits-Tattoo, das auf ihrem rechten Handgelenk ist und meint, <<Dieses Weiblichkeitssymbol steht auch dafür, dass ich sehr weiblich bin. Deswegen möchte ich in Zukunft auch

darauf verzichten, Hosen zu tragen und mich extra feminin stylen. Natürlich ist auch wichtig, dass ich viel Sexuelles mit meinem Mann mache, um meine weibliche Potenz zum Ausdruck zu bringen. Deswegen sollte der Sex auch nicht so selten sein.>> <<Da hast du wohl recht. Wenn man mit seinem Mann selten Sex hätte, würde das weniger weiblich hinüberkommen. Aber du hast vor, so weiblich wie möglich zu sein.>> Maria lächelt und antwortet, <<So ist es.>> Nun zeigt Maria auf das Faust-Tattoo und meint, <<Dieses Faustsymbol steht für Härte und Mut. Es soll zum Ausdruck bringen, dass ich eine Kämpferin bin.>> <<Dann bist du also ein Powergirl.>> <<Genau.>> Paul und Markus denken, *so ein Weiblichkeitssymbol und Faustsymbol würde gut zu so einem Balletttänzer wie Jürgen passen.* Sie wagen es aber nicht, solch einen Kommentar jetzt auszusprechen. Anschließend verabschiedet sich Jürgen von Paul und Maria und fährt mit seinem Fahrrad zur Ballettschule. Maria fährt mit ihrem Fahrrad schnell zum Geländeplatz für Moto Jumps. Paul folgt ihr mit dem langsameren Bike, und Markus mit dem schnelleren. Für Paul und Markus ist es cool und geil, auf den Bikes zu beobachten, wie sich die süße Maria im weißen Rock anstrengt. Die beiden freuen sich natürlich auch schon auf ihre Moto Stunts. Als die drei am Übungsgelände angekommen sind, sagt Paul zu Markus, <<Maria ist zufälligerweise die Tochter unseres früheren Sportlehrers Thomas.>> Markus grinst und antwortet, <<Ist nicht wahr. Du hast dir tatsächlich die Tochter vom Thomas geangelt?>> <<Ja.>> Markus fragt

Maria, <<Ist dein Vater tatsächlich ein Sportlehrer Namens Thomas?>> <<Ja. Habt ihr ihn zufälligerweise in Sport gehabt?>> <<Ja.>> <<Wie war er so?>> <<Er war streng. Es kamen auch wilde Worte von ihm. Aber er war auch lustig.>> <<Wie hast du dich mit Paul verstanden, als ihr noch in der Schule wart?>> Markus wird etwas nervös und antwortet, <<Ich habe ihn manchmal etwas geärgert. Aber inzwischen verstehen wir uns schon besser. Wir sind jetzt Freunde.>> <<Okay. Das ist schon mal gut. Wie war der Paul im Sport?>> <<Nicht besonders gut. Er war beim Laufen immer so schnell erschöpft, und er hat sich auch in Gymnastik blöd angestellt.>> Auf dem Übungsgelände übt Maria zuerst mit dem langsameren Bike solche Kunststücke wie stehendes Fahren, am Bauch liegendes Fahren und Grätsche. Markus fährt nun mit dem schnelleren Bike auf dem Gelände und macht ebenfalls leichte Stunts. Danach fährt Maria mit dem Bike herum, um auf ein gutes Tempo in der Kurve zu kommen, und von dort aus bis zur Sprungschanze weiter zu beschleunigen. Nach Marias Sprung zeigt Markus, wie weit er mit dem flotten Motorrad springen kann. Dieses Motorrad springt natürlich weiter. Danach probiert Maria den nächsten Sprung. Während des Sprungs steht Maria schnell auf, stützt sich mit der linken Hand auf der Lenkstange, mit der rechten Hand auf dem Fahrersitz ab, macht einen halben Handstand und nimmt dann schnell wieder rechtzeitig ihre Sitzposition ein. Markus probiert dasselbe mit dem schnellen Bike. Obwohl er mehr Zeit für Marias Kunststück hat, landet er nicht gerade auf dem Bike. Aber er schafft es noch rechtzeitig, sich von der linken Seite auf den Fahrersitz aufzurichten und bringt das Bike wieder in eine gerade Position, während es noch schnell genug weiterfährt. Anschließend versucht Maria beim Fahren die Balance zu halten, um sich dann auf den Sitz zu legen und ihre Beine in die Höhe zu strecken. Den halben Handstand beim Sprung und das eine Kunststück, bei dem sie ihre Beine in die Höhe streckt beim Rückenliegen, macht sie noch mehrmals und zusätzlich noch die einfacheren Kunststücke nebenbei. Danach steigt Maria vom langsameren Bike ab, und sie bekommt vom Markus das schnellere. Paul läuft auf das langsame Bike zu. Aber bevor Paul es rechtzeitig erwischt, fährt Markus damit los. Paul schreit, <<Hey, bleib stehen. Ich bin jetzt dran.>> Maria führt mit dem schnellen Motorrad erneut die bisherigen Kunststücke durch. Zusätzlich steht sie für kurze Zeit auf dem Sattel, während das Bike fährt. Markus fährt an Paul vorbei, damit Paul kurzzeitig vergebens auf Markus zu rennt. Markus macht auch mit den leichten Stunts weiter. Maria macht später auf dem Motorrad einen Handstand während des Sprungs, und dann geht sie schnell wieder in Sitzposition. Beide Moto Stunts macht sie ebenfalls mehrmals.

Maria betreibt schon seit einigen Jahren Kunstturnen. Sie ist sogar schon seit drei Jahren bezahlter Profi für Auftritte im Zirkus und hat vor zwei Jahren damit angefangen, auch noch Motorradrennen als Hobby zu betreiben. Pauls einzige große Leidenschaft hingegen sind neben Informatik Videospiele. Während sich Markus und Maria auf Bikes amüsieren, muss sich Paul nun enttäuscht mit Theorie beschäftigen. Er verbringt seine Zeit damit, sich auf seinem Handy im Internet technische Daten über Autos und Motorräder anzusehen. Für ihn ist das Design der Modelle interessant, und auch die Vorstellung, wie es so wäre damit zu fahren. Nebenbei ist das Brummen der Motorräder passend. Um halb sechs nachmittags steigt Maria vom Motorrad ab und kommt auf Paul zu. Sie schaut auf Pauls Handy, während er sich Autos anschaut. Maria sagt zu Paul, <<Wir sollten jetzt aufbrechen. Vielleicht musst du noch was für die Uni lernen.>> <<Ich will noch nicht aufbrechen. Ich möchte noch ein bisschen auf dem Motorrad herumfahren.>> <<Na gut. Ich gebe dir noch 30 Minuten, und du wirst das langsame Bike fahren.>> <<Okay.>> Markus gibt Paul das langsame Bike und bekommt dafür das schnelle Bike von Maria. Paul probiert nun auch leichte Stunts aus und hat Spaß an den Sprüngen bei der Schanze. Für Paul ist sowas aufregend und neu, weil ihm seine besorgte Mutter sowas nie erlauben würde. Als Paul sich auf den Bauch legt, kann er sich nicht mehr richtig aufrichten und fällt auf die linke Seite raus. Paul ist erschrocken und möchte wegen der Schmerzen nun nach Hause. Maria findet das lächerlich und bittet Paul noch weiterzufahren, anstatt sich unterkriegen zu lassen. Paul verzichtet für heute darauf, während des Fahrens erneut auf dem Bauch zu liegen. Aber er wagt neue Sprünge über die Schanze und ist wirklich stolz darauf, ein solch mutiger Kämpfer geworden zu sein. Maria hat sich nun entschieden, das schnellere Motorbike zu kaufen. Markus fährt mit dem langsamen Motorbike in die Werkstatt zurück. Paul lässt sich allerdings nur widerwillig von Maria dazu überreden, während der Fahrt zu Thomas Wohnung das Fahrrad zu fahren, während sie das gekaufte Motorrad fährt. Paul ist nach der Fahrradfahrt erschöpft und motiviert. Er hat aber auch Schuldgefühle wegen der Erziehung seiner peinlichen Mutter. Paul und Maria erzählen Thomas von ihren Erlebnissen. Thomas ist stolz auf Paul.

Frühere Feinde

Am nächsten Tag treffen sich Iris, Jürgens Mitarbeiter Markus und Frank auf dem Basketballspielplatz. Frank war im Gymnasium Pauls übelster Klassenkamerad, und er hat ihn einige üble Sachen angetan. Für Paul war es schlimm, als er festgestellt hat, dass Frank in die Oberstufe weitergeht und er ihn immer noch weiterschikaniert hat. Frank ist jetzt Maler, weil er so wie Jürgen nur deshalb das Abitur gemacht hat, um erst später arbeiten zu müssen. Da Paul sportfaul ist, geht er kaum zum Basketballplatz, um sich mit Frank zu treffen.

Iris erzählt, <<Ich wollte mich nach ein paar Monaten wieder mit Paul treffen. Ich habe mich extra für ihn schick hergerichtet. Aber ich habe ihn plötzlich mit einer neuen Freundin gesehen, und jetzt will er mit mir nicht mehr zusammen sein.>>

Frank antwortet, <<Was? Du hast dich für den Pauli schick hergerichtet und wurdest von ihm anschließend abserviert, weil er jetzt fremdgeht. Mal im Ernst. So ein Arsch hat dich nicht verdient.>> <<Ich verstehe nicht, wie er mir sowas antun kann.>>

Markus meint, <<Dann hättest du dich mit ihm wieder öfter treffen sollen. Manche Kerle schnappen sich eine Neue, wenn man sie seit langer Zeit nicht mehr besucht.>>

Frank meint, <<Paul hat Iris deswegen nicht mehr besucht, weil er sich für sie nicht mehr interessiert und nach einer neuen Freundin gesucht hat. So ein Typ behandelt Frauen wie Dreck. Außerdem hat sein Vater, der Banker ist, die Wohnung meiner Eltern zwangsverkauft, weil er nicht mehr warten wollte, bis sie ihre Schulden bezahlt haben. Wir sollten ihn vielleicht wieder mal etwas ärgern.>>

Markus meint, <<Das hast du mir damals auch erzählt, wie wir in der Unterstufe des Gymnasiums waren. Okay. Können wir machen. Ich habe ihn zufälligerweise gestern mit seiner neuen Freundin auf diesem einen Gelände getroffen, wo man mit den Motorrädern herumfährt. Wir könnten doch mit Motorrädern dorthin fahren und schauen, ob sich Paul dort wieder mit seiner Maria trifft.>> Frank antwortet, <<Ich habe auch ein Motorrad. Ich werde dann dort sein.>>

Iris meint, <<Ich habe kein Motorrad. Aber ich kann mein Fahrrad mitnehmen. Bevor ihr ihn ärgert, müsst ihr warten bis ich da bin, da ich sehen möchte, was ihr mit ihm vorhabt.>> Frank und Markus stimmen Iris zu. Frank und Markus fahren mit ihren Motorbikes zum Gelände und Iris mit ihrem Fahrrad.

Auf dem Übungsgelände für Motorräder sehen Markus und Frank zufälligerweise, wie die wunderschöne Maria mit ihrem Motorrad Stunts durchführt. Paul sitzt irgendwo herum und beobachtet sie. Für Frank ist es jetzt schon ärgerlich, Paul mit so einer dynamischen Schönheit zu sehen. Er fragt Markus besorgt, <<Fährt hier Pauls Neue?>> Markus antwortet, <<Ja. Das ist zufälligerweise die Tochter unseres früheren Sportlehrers Thomas.>> Frank antwortet neidisch, <<Hä? Das ist doch nicht dein Ernst. Ausgerechnet dieser Waschlappen ist mit seiner Tochter zusammen.>> <<Ich verstehe es auch nicht ganz.>> <<Vielleicht sollten wir Paul jetzt herumschubsen und anpöbeln.>> Markus meint, <<Jetzt noch nicht. Zuerst warten wir, bis Iris da ist. Wir fahren zuerst umher.>> Paul nimmt zur Kenntnis, dass sein früherer Erzfeind Frank mit Markus hier ist. Auf dem Basketballplatz kommt ihm Frank manchmal unfreundlich. Aber richtig übel ist er sonst nicht mehr drauf. Deshalb rechnet Paul auch nicht damit, dass Frank wieder mal unangenehm wird. Maria gibt Paul ihr gestern gekauftes Motorrad, und er fährt damit umher. Frank meint, <<Sobald Iris da ist, werden wir ihn umschmeißen und verspotten.>> Markus antwortet, <<Gut. Machen wir.>> Die beiden Jungs setzen sich auf ihre Motorbikes und fahren derweil umher. Danach taucht Iris mit ihrem Fahrrad auf. Die beiden Burschen kommen auf Iris zu.

Markus erzählt Iris, <<Ich, Frank und Paul sind in der Schule zusammen in einer Klasse gewesen und Pauls Neue ist zufälligerweise die Tochter unseres Sportlehrers. Wir sollten jetzt loslegen. Wir werden versuchen, uns Paul zu nähern und ihn umstoßen.>>

Markus und Frank fahren wieder mit ihren Motorrädern umher und Iris beobachtet sie. Markus kommt auf Paul zu und fährt mit ihm in dieselbe Richtung. Plötzlich schmeißt Markus Paul mit Marias Motorrad um. Maria stellt verärgert fest, dass Markus dies getan hat, und Paul hat Schmerzen am Becken. Er richtet sich wieder auf und schreit zu Markus, <<Hey! Was soll das?>> Markus reagiert nicht und fährt weiter. Maria schreit zu ihm, <<Bleib sofort stehen und komm her!>> Paul und Maria versuchen auf ihn zuzukommen. Markus weicht Maria aus. Als nächstes nähert er sich Paul. Markus gelingt ein Schlag in Pauls Gesicht, ohne runterzufallen. Maria meint zu Paul, <<Jetzt reichts!>> Sie nimmt wieder ihr Motorrad und stößt Markus samt seinem Motorrad um. Maria sagt zu Markus, <<Na. Gefällt dir das?>> Markus richtet sich nun ebenfalls mit Schmerzen wieder vom Boden auf. Er sieht vor sich Maria mit ihrem BH, muskulösen Bauch, weißen Rock und meint, <<Ah. Du bist doch Pauls Schlampe.>> Markus ruft zu Frank, <<Frank! Komm mal her.>> Frank beendet die Fahrt und stellt sich neben Markus hin. Paul und Iris nähern sich Maria, Markus, Frank und beobachten sie. Markus fragt Maria, <<Wie viel kostet denn ein Fick mit dir?>> Maria antwortet energisch, <<Ich bin nicht käuflich. Du solltest dich lieber verpissen.>> <<Na schön. Der Sex ist wohl gratis.>> <<Was hast denn du für ein Problem? Wieso kannst du uns nicht einfach in Ruhe lassen?>> Frank meint, <<Paul hat Iris Herz gebrochen. Deines wird er wahrscheinlich auch brechen, weil du für ihn nur eine Nutte bist.>> Maria fragt Iris, <<Hast du diese beiden Idioten hergeholt?>> Iris meint, <<Ich habe das nicht vorgehabt. Frank wollte

unbedingt, dass Paul geärgert wird.>> Paul zeigt zu Frank und erklärt, <<Das ist Frank. Mein schlimmster Feind meiner Schulzeit. Er hat in mein Schulbankfach Müll reingegeben, meine Sachen durch die Klasse geschmissen und mich verspottet. Markus war auch manchmal lästig.>>

Frank spottet, <<Oh, Jetzt jammert Paul seine Neue an, wegen der schlechten Zeiten, die ihn immer noch so sehr frustrieren. Meine Eltern haben wegen seinem Vater ihre Wohnung verloren. Sein Banker-Dad wollte wohl nicht mehr warten, bis die Schulden bezahlt wurden und hat sie deswegen zwangsverkauft.>>

Paul antwortet, <<Ist doch nicht mein Problem, wenn deine Eltern nie in der Lage sind ihre Schulden bezahlen. Die Bank meines Papas ist auch nicht dazu verpflichtet jenen Leuten was zu schenken, die mit Geld nicht umgehen können. Außerdem ist das ca. vor 10 Jahren passiert.>>

Maria meint, <<Wirklich kindisch, dass ihr euch immer noch wie Lausbuben aufführt. Paul und Iris haben seit Monaten nichts mehr miteinander zu tun gehabt. Findet euch damit ab, dass er jetzt mit mir zusammen ist. Außerdem kann Paul da auch nichts machen, wenn sein Dad irgendwas zwangsverkauft.>>

Markus meint, <<Er ist mit dir nicht richtig zusammen. Aber anscheinend bist du gerne mit solchen Typen zusammen, weil du ein Flittchen bist. Mit dir kann

sowieso jeder machen, was er will.>> Markus greift Maria auf die Brüste. Maria reißt seine Hand weg und gibt ihm eine Ohrfeige. Frank hält ihre Hand fest und sagt, <<Hey! Jetzt beruhig dich, Schätzchen.>> Maria schubst Frank weg und schreit verärgert, <<Verpisst euch sofort! Sonst knallt es!>> Die beiden Burschen lachen spöttisch, Markus streichelt Maria am Gesicht, und sie schlägt ihn in seins. Markus und Frank attackieren Maria. Maria versucht, sich von den beiden nicht umkreisen zu lassen. Sie macht schnelle Körperdrehungen, um auszuweichen. Ihr Rock geht dabei in die Höhe. Frank kann von Maria kaum Schläge einstecken und unterliegt ihr deutlich. Auch Markus scheint schwächer zu sein. Er hält aber mehr aus. Die beiden Stalker konnten sie nur mit wenigen Schlägen erwischen. Maria bereitet es ein Lächeln, dass sie allein gegen zwei Männer so gut fertig werden konnte. Auch Paul ist glücklich darüber, eine Frau zu haben, die seine beiden nachtragenden Schulfeinde fertig gemacht hat. Iris läuft zu ihrem Fahrrad. Kurz darauf rennt Paul Iris hinterher. Paul schreit, <<Maria! Iris versucht, Flucht zu ergreifen.>> Maria läuft ebenfalls auf Iris zu. Iris ruft, <<Frank wollte es!>> Sie steigt auf ihr Fahrrad, und Paul stößt sie um. Iris steht wieder auf und Paul hält sie fest. Iris stößt Paul weg und sagt, <<Lass mich!>> Sie setzt sich erneut auf ihr Fahrrad und wird von Maria festgehalten. Iris befolgt Marias Anweisung, von ihrem Fahrrad runterzusteigen. Iris meint verängstigt, <<Ich, Ich wollte das nicht. Frank wollte unbedingt Ärger machen.>> Maria denkt sauer, *Anscheinend hat es sie nicht gestört, dass die* beiden Jungs mich so gestalkt haben. Sie wollte mich ärgern. Maria gibt Iris eine Ohrfeige. Iris meint, <<Es tut mir leid! Ich werde euch in Ruhe lassen.>> Nach einigen Sekunden steigt Iris auf das Fahrrad und haut schnell ab. Maria und Paul schauen zu Markus und Frank. Maria und Paul kommen auf die beiden zu. Frank ist sehr verärgert und ergreift aus Angst mit seinem Motorrad die Flucht. Markus meint zu Paul, <<Wirklich beneidenswert, was du für eine wilde Braut hast.>> Markus sagt zu Maria, <<Du hast ordentlich aufgeräumt.>> Nach einigen Sekunden sagt Paul zu Markus, <<Ich hätte gerne für eine halbe Stunde dein Motorrad.>> Markus antwortet, <<Nein! Wir sind quitt.>> Maria sagt zu Markus, <<Gib es ihm!>> Markus sagt zu Paul, <<Okay! Du kannst es haben. Aber nur für 30 Minuten.>> Paul fährt mit Markus Motorrad umher, und Maria mit ihrem. Nach 30 Minuten erklären sich die drei zur Quittung bereit. Markus bekommt wieder sein Motorbike, um damit umherzufahren, und Paul fährt mit seinem Fahrrad wieder zu Thomas. Maria trainiert mit ihrem Motorrad weiter für den Zirkus.

Zu Hause erzählt Maria später von den jüngsten Ereignissen auf dem Übungsgelände. Thomas meint zu Paul, <<Du hast wirklich Glück, so eine schöne Frau zu haben, die dich auch noch beschützt.>>

Am nächsten Tag hat Markus Iris verraten, an welcher Schule Marias Vater Thomas unterrichtet. Für den Fall, falls Thomas nicht einwilligt, Iris zu sich nach Hause mitzunehmen, hat sie sich das Motorrad von Markus ausgeliehen. Wenn Iris ihr Fahrrad mitnehmen würde, dann könnte ihr Thomas mit seinem Auto entkommen. Iris ist zur Mittagszeit in Pauls ehemaliger Schule und wirft einen Blick auf die Lehrertafel. Sie hat den Thomas, der Sport und Englisch unterrichtet, auf der Tafel gefunden. Sie trägt wieder das eine schöne Kleid mit Dekolletee, das sie auch trug, um Paul zu verführen. Sie hat ebenfalls rote Lippen. Nach dem Läuten der Schulglocke begibt sie sich auf die Suche nach Thomas. Als sie Thomas gefunden hat, stellt sie sich ihm vor, <<Hallo! Ich bin Iris.>> Maria hat Thomas schon einiges über die lästige Iris erzählt. Thomas wirft daher einen starren Blick auf Iris.

Nach einigen Sekunden setzt sie fort, <<Ich wollte mich für mein gestriges Verhalten entschuldigen. Ich wollte wirklich nicht, dass meine beiden Freunde so sehr auf Ihren Schwiegersohn Paul und Ihre Tochter Maria losgingen. Ich war auch sauer, weil Ihre Tochter mir meinen Freund weggeschnappt hat.>> <<Gut. Dann hoffe ich, dass du keinen weiteren Ärger mehr machst.>> <<Ich habe mich jetzt damit abgefunden, dass Paul nicht mehr mir gehört.>> <<Gut.>>

Iris sagt nervös, <<Ich möchte Sie etwas näher kennenlernen, da Markus und Frank meine Freunde sind. Sie spielen mit mir manchmal Basketball und sie haben Sie im Sport gehabt als sie noch hier Schule gingen. Was sind Ihre Hobbys?>> <<Ich gehe gern laufen, wandern, und Ski fahren. Ich lese auch gern und schaue auch gern

Sport und Actionfilme.>> <<Was lesen Sie gern?>> <<Horror und Action. Sowas gefällt mir auch im Fernsehen.>> <<Möchten Sie mit mir heute Nachmittag joggen?>> Thomas denkt, *Wieso kommt sie mir plötzlich so nahe? Steht sie etwa auf mich? Das wäre schön, wenn so eine schöne junge Frau mit mir zusammen sein will. Ihr Kleid ist hübsch.* Er antwortet, <<Das wäre eine gute Idee.>> <<Können wir nach der Schule joggen?>> <<Ja. Ist okay.>> <<Ich muss aber vorher nach Hause fahren, um meine Jogginghose und meine Sportschuhe anzuziehen.>>

Iris und Thomas einigen sich auf einen Treffpunkt für ihr Fitnessprogramm. Iris gibt Markus sein Motorrad zurück und holt mit ihrem Fahrrad ihre Sportsachen.

In Thomas Wohnung dichtet Paul zu Maria, <<Unsere Liebe fühlt sich so leicht an wie die Wolken am Himmel und unsere Herzen, die füreinander schlagen, sind so rot wie Rosen.>> Maria antwortet, <<Das war ein schönes Gedicht.>>

Paul meint, <<Jetzt wird sich mein Kampfengel wieder mit Sport quälen, um mich zu beschützen. Gefällt es dir, den Druck und die Power in dir zu spüren?>>

Maria lächelt und antwortet nach einigen Sekunden, <<Ja, und ich werde nebenbei auch immer feminin gestylt sein, damit du mich besser bespannen kannst.>> Maria denkt, *Das war ein wildes Gespräch. Aber auch geil. Paul steht also auf Rosen. Mal sehen, wieviel Romantik ich ihm anbieten kann.* Diesen Nachmittag betreibt Maria mit ihrem

Fahrrad Sport, anstatt zu joggen. Sie nimmt ihren Rucksack und ihr Geld mit. Iris erscheint mit ihrem Fahrrad am abgemachten Treffpunkt, um Thomas zu treffen. Danach läuft sie mit ihm, und sie lernen sich besser kennen. Thomas ist viel mehr in Form als Iris. Iris bekommt daher auch etwas Kritik von Thomas.

Nach dem Sport meint Iris zu Thomas, <<Beim nächsten Mal werde ich einfach mit dem Rad fahren, während du läufst.>> <<Das wäre eine gute Idee. So könntest du mit mir mithalten.>> Thomas willigt ein, Iris seinen Wohnort zu zeigen. Iris fragt Thomas, <<Darf ich mir deine Wohnung anschauen?>> Thomas antwortet, <<Wenn du willst, kann ich dir meine Wohnung zeigen.>>

Iris und Thomas betreten seine Wohnung. Iris meint, <<Deine Wohnung sieht schön aus.>> Thomas hört aus Marias Schlafzimmer, dass Paul auf seinem Laptop Autorennen spielt.

Thomas sagt zu Iris, <<Das wird wohl Schwiegersohn Paul sein. Er zockt auf seinem Laptop herum, weil er so ungern Sport macht. Wahrscheinlich spielt er stundenlang.>>

Etwas später kommt auch Maria von ihrem Sport zurück. Maria ist leicht geschockt, als sie Iris bei sich zu Hause entdeckt und fragt sie, <<Was machst du hier?>> Iris antwortet, <<Ich bin hier, um mich für das Verhalten von Frank und Markus zu entschuldigen. Ich wollte wirklich nicht, dass sie dir und Paul so blöd kommen.>> <<Kannst du jetzt bitte gehen?>>

Iris wird etwas nervös und sagt nach ein paar Sekunden, <<Ich habe nicht vor, weiteren Ärger zu machen. Ich habe mich damit abgefunden, dass du jetzt mit Paul zusammen bist.>> <<Geh jetzt bitte trotzdem. Ich habe genug von dir.>> <<Es war Franks Idee, Ärger zu machen.>> Paul hört im Wohnzimmer eine Streiterei zwischen zwei Mädchen. Er glaubt, dass es Maria und Iris sind. Er ist nur vorübergehend etwas abgelenkt bei seinem Autorenn-spiel am Laptop. Maria sagt zu Thomas, <<Dad! Kannst du sie bitte rausschmeißen?>> Thomas denkt, *Es ist doch lustig, Pauls Exfreundin in meiner Wohnung zu lassen, um Paul zu ärgern. Außerdem steht sie möglicherweise auf mich.* Thomas meint, <<Sie hat sich bereits entschuldigt, und sie wird euch auch keinen weiteren Ärger mehr machen. Es wird daher in Ordnung sein, wenn sie noch etwas bleibt.>> Maria denkt, *Das darf doch nicht wahr sein. Vielleicht macht sie doch wieder Ärger.*

Am Abend geht Paul ins Wohnzimmer. Paul fragt Iris, <<Wieso bist du hier?>> Iris antwortet, <<Ich bin hier, um mich für das Verhalten von Frank und Markus zu entschuldigen. Ich wollte wirklich nicht, dass es so übel wird.>> <<Ja. Schön. Aber jetzt ist schon spät. Ich denke, du solltest jetzt gehen.>> <<Ich bleibe noch etwas länger.>> <<Hast du dich wieder mit der Maria angefreundet?>> <<Noch nicht ganz. Aber das wird schon wieder.>> Maria meint, <<Dad will unbedingt, dass sie noch länger bleibt.>>

Thomas erklärt, <<Sie wollte nicht, dass ihre beiden Freunde Frank und Markus euch beide schikanieren und hat sich für diesen Vorfall auch schon entschuldigt.>> Einige Sekunden später fragt Thomas Paul, <<Wie lange hast du jetzt am Laptop gespielt?>> Paul meint, <<Ungefähr 90 Minuten.>>

<<Mindestens zwei Stunden. Ich habe auf die Uhr geschaut, nachdem ich vom Sport wieder zurückkam. Wahrscheinlich hast du noch eine zusätzliche Stunde gespielt, während ich mit Iris laufen war.>>

Paul ist beunruhigt und meint, <<Ja. Ich sollte wohl wieder mehr studieren. Ich wollte mir aber auch wieder mal Freizeit gönnen, und beim Spielen übersieht man manchmal auch die Zeit.>> <<Machst du auch mal was anderes außer Studieren, Fernsehen und Videospiele Spielen?>> <<Ich fahre manchmal mit dem Motorrad, um auch einige Stunts zu machen.>> <<Aber nur mit dem Motorrad meiner Tochter oder?>> <<Ja.>> <<Möchtest du dir kein eigenes kaufen?>> <<Nein. Ist nicht notwendig.>> <<Machst du auch richtigen Sport?>> <<Ja. Ich habe mir vorgenommen, von jetzt an nicht mehr mit dem Bus, sondern mit dem Fahrrad zur Uni zu fahren.>> <<Machst du auch noch anderen Sport?>> <<Vielleicht mache ich nebenbei auch etwas Dehnübungen. Etwas Bewegung reicht doch eh schon, um gesund und fit zu sein.>> <<Naja, das ist schon ein Anfang. Aber du solltest wirklich mehr Sport machen, weil das noch wenig ist.>> <<Machst du auch noch was anderes in deiner Freizeit?>>

<<Ich treffe mich manchmal mit Freunden und rede etwas mit denen.>> <<Liest du Bücher?>> <<Ich habe eh viel zu lesen bei meinem Studium.>> <<Liest du keine Romane?>> <<Nein, weil ich von Wissensbüchern eh so sehr überschüttet werde.>>

<<Das ist nicht gut. Anstatt sich Geschichten immer nur auf Bildschirmen anzuschauen, wäre es doch besser, sich auch mal Texte anzuschauen, um sich daraus seine eigenen Bilder im Kopf vorzustellen. Das würde sich gut auf die Kreativität auswirken. Meine Tochter Maria liest brav Bücher.>> <<Ich habe zu meiner Schulzeit eh viele Bücher gelesen und mir eigene Bilder im Kopf vorgestellt. Jetzt , wo ich auf der Uni bin, habe ich viele andere Sachen zu tun.>> Maria denkt, *Wenigstens ist die Diskussion zwischen Paul und Dad nicht mehr so übel wie sonst.* Iris fragt Thomas, <<Darf ich heute bei dir übernachten?>> Thomas antwortet, <<Das ist kein Problem.>> Maria meint zu Thomas, <<Nicht dein Ernst. Nach dem, was heute wegen Iris vorgefallen ist, soll sie allen Ernstes bei uns übernachten?>>

Am späten Abend erscheint im Wohnzimmer Maria mit roten Lippen im roten Kleid. Sie sagt zu Paul, <<Komm rauf in mein Zimmer. Ich möchte dir eine Überraschung zeigen.>> Paul folgt ihr in ihr Schlafzimmer und sieht in ihrem Bett eine rote Rose und viele rote Rosenblüten. Paul ist begeistert und meint, <<Das sieht sehr schön aus. Du bist also auch romantisch.>> Beide legen sich ins Bett und küssen sich. Paul meint, <<Ich muss dir was sagen.>>

Maria antwortet, <<Okay. Du kannst es mir ruhig sagen.>> <<Mir ist der Stoff auf der Uni zu schwierig geworden und deswegen habe ich vor, das Masterstudium zu lassen.>> <<Gib nicht auf. Irgendwann schaffst du es.>>

<<Ich habe schon mehrmals hintereinander Tests verhaut. Mir ist auch die Lust zum Lernen vergangen. Das, was jetzt auf der Uni ist, ist so mühsam, dass ich mir inzwischen schon mehr Freizeit gönne, weil ich einfach keinen Bock mehr habe.>> <<Du könntest es aber schaffen, wenn du wieder mehr lernst.>> <<Ich tu mir das nicht mehr an. Ich werde den Führerschein machen und mir bald einen eigenen Job besorgen.>> <<Mache wenigstens für mich den Master, damit du bei deiner Karriere besser bist und auch mehr verdienst.>>

<<Sich zusätzliche Sachen anzulernen, ist nicht notwendig, um beruflich ganz weit vorne zu sein. Steve Jobs und Bill Gates waren auch Studienabbrecher, weil sie bereits das Wichtigste gelernt hatten, und das hat dann auch gereicht.>> <<Aber sicherheitshalber kannst du doch trotzdem den Master machen. Er sieht doch auch besser aus als der Bachelor.>>

<<Ich freue mich schon auf das Autofahren. Nach der Schule habe ich auf den Führerschein verzichtet, weil es auf der Uni oft keine freien Parkplätze gibt.>> <<Ich hätte da eine tolle Idee, damit du mehr Motivation für dein Studium bekommst.>> <<Was soll denn das für eine Idee sein?>>

<<Du wirst zunächst wieder brav lernen, und ein paar Tage später werde ich dich fesseln und dich das prüfen, was auf deinen Zetteln steht, und ich werde deinen Studienkollegen auch fragen, wie das zu beantworten sein soll bei der Nachhilfe. Wenn du zwei oder drei Fragen hintereinander falsch beantwortest, bekommst du jedes Mal einen Schlag auf den Po.>> <<Das hört sich nicht gemütlich an. Ich weiß nicht so recht.>> Maria schaut böse und sagt energisch, <<Aber ich bin deine Domina und du wirst gefälligst den mühsamen Master für mich machen, damit du für mich mehr Geld verdienst.>> <<Du hast doch selber nur ein Fachabitur in Ernährung gemacht, und du willst mich dann zu sowas zwingen.>> <<Ja. Der Stoff, den ich lernen musste, war eben viel lockerer.>> <<Ich bin ja auch im Geist härter als du.>> <<Sollen wir es mal ausprobieren?>> <<Na gut. Für dich tu ich das gern. Hast du auch einen Führerschein für das Autofahren?>> <<Nein. Ich habe nur einen Motorradführerschein.>> <<Hast du ihn direkt nach deinem Fachabitur gemacht?>> <<Ja.>> <<Ich darf den Führerschein immer noch nicht machen. Du willst unbedingt, dass ich mich mit kompliziertem Kram abquäle, anstatt so wie du cool zu sein.>> Paul zeigt Maria welcher Stoff zu lernen ist.

Maria meint, <<Das sieht alles verdammt schwer aus. Ich werde mal deine Studienkollegen fragen, wie ich da genau prüfen soll. Nicht, dass ich dich schlage, wenn du doch was richtig beantwortet hast.>>

<<Ja. Du wirst da einiges zu besprechen haben. Bei den Fragen, die du mir stellst, musst du bei meinen Freunden genau nachfragen und es mir dann erklären, nachdem du mich nach einer falschen Antwort geschlagen hast, damit ich besser verstehe, warum du mich schlägst. Wir sollten wieder miteinander ficken. Laut Erotikkodex ist Sex wichtig, um unsere Sexualität so richtig zum Ausdruck zu bringen.>> <<Gut erkannt. Zieh dich aus und leg dich ins Blütenmeer.>> Paul tut, was Maria sagt und Maria zieht nur ihre Unterhose aus. Maria fickt Paul. Maria sagt, <<Du musst wiedermal meine Brüste festdrücken.>> <<Ich will dir nicht schon wieder weh tun.>> <<Mache es nur für eine halbe Minute, damit mein Gestöhne mehr nach Schmerzen klingt.>> Paul folgt dieser Anweisung. Anschließend werden Marias Brüste für ein paar Minuten während des Sex locker gerieben.

Plötzlich hören Paul und Maria im Nebenzimmer Sexgestöhne von Thomas und Iris. Maria meckert, <<Oh mein Gott! Das darf doch nicht wahr sein.>> Maria und Paul stellen sich vor die Schlafzimmertür von Thomas hin. Maria öffnet sie leise. Paul streckt seinen Kopf hinüber, um in Thomas Schlafzimmer reinzusehen, ohne dass Thomas Pauls Penis zu sehen bekommen könnte. Von hinten können Paul und Maria gut denken, dass Marias Papa Pauls Exfreundin vögelt. Anscheinend sind sie nackt. Die beiden ersparen es sich, einen weiteren Schritt reinzumachen, Maria schließt wieder die Tür, und beide hauen wieder unauffällig ab, ohne mit den beiden zu schimpfen.

In Marias Schlafzimmer meint sie, <<Die beiden sind unglaublich.>> Paul meint, <<Von mir aus kann Iris vögeln, wenn sie will. Aber dass ausgerechnet dein Vater meine Exfreundin fickt, ist echt komisch.>> <<Wir werden uns den beiden nicht unsere Stimmung kaputt machen lassen und vor allem nicht unsere Liebe.>> <<Genau. Da bin ich ganz deiner Meinung.>> <<Wir sollten weitervögeln und zwar ebenfalls mit lautem Gestöhne.>> <<So machen wir es.>> Paul und Maria ficken mit lautem Gestöhne weiter. Der Sex von Paul und Maria geht nach ein paar Minuten zu Ende. Paul meint, <<Es war doch trotzdem schön.>> Maria antwortet, <<Finde ich auch.>> Nach weiteren paar Minuten geht auch das Gestöhne von Thomas und Iris zu Ende.

2 Tage später studiert Iris vormittags im Wohnzimmer Chemie und Maria schaltet den Fernseher ein. Iris meint, <<Ich muss lernen und brauche Ruhe. Kannst du bitte den Fernseher abschalten?>> Maria denkt kurz nach und meint, <<Du kannst doch auch oben lernen.>> <<Wo soll ich denn bitte oben lernen? Das Schreibzimmer von Thomas ist besetzt, und Paul lernt in deinem Zimmer.>> <<Du kannst doch auch in Thomas Schlafzimmer lernen.>>

<<Hier gibt es aber keinen Tisch zum Schreiben und Zeichnen. Ich mache schließlich auch chemische Strukturen und Formeln. Wenn ich hier unten bin und der Fernseher rennt, dann kann ich mich nicht richtig konzentrieren.>> Maria stöhnt und antwortet etwas

später, <<Du musst nicht hier sein. Du kannst auch bei irgendwelchen Freunden lernen.>> <<Aso, ich muss jetzt also gehen, weil es wichtiger ist, dass du fernsiehst, anstatt dass ich hier in Ruhe lernen kann.>> <<Du bist hier nur Gast, und ich darf wohl fernsehen, wenn ich möchte, weil ich auch die Tochter von Thomas bin.>> <<Ich bin aber seine Freundin.>> <<Ja. Das ist blöd, dass du meinen Vater vögelst und dann auch noch so herum zickst. Geh doch von mir aus in mein Zimmer lernen.>> <<Da ist aber zu wenig Platz, weil der Tisch von Paul voll besetzt ist.>> <<Ist schon gut, dann schalte ich den Fernseher leiser.>> Maria schaltet den Fernseher etwas leiser. Iris sagt, <<Ich möchte, dass du den Fernseher ganz abschaltest, weil das sowieso störend ist, was im Hintergrund zu hören.>> <<Iris! Das reicht jetzt. Lerne doch einfach zu Hause bei deinen eigenen Eltern. Du musst nicht hier sein.>> Iris kommt auf die Fernbedienung zu, Maria ruft, <<Lass das!>> und greift nach der Fernbedienung, bevor Iris dazu kommt. Iris schaltet beim Fernsehknopf ab. Maria sagt energisch, <<Sag mal, hast du einen Knall?>> Iris setzt sich wieder zu Tisch. Maria schaltet mit der Fernbedienung wieder den Fernseher ein. Iris kommt auf den Fernseher zu und Maria hält sie auf. Thomas und Paul nehmen den Streit zur Kenntnis. Thomas geht ins Wohnzimmer und fragt, <<Was ist hier los?>> Iris meint, <<Maria lässt mich nicht lernen!>> Maria antwortet erschüttert, <<Ich lasse sie doch lernen. Ich schalte den Fernseher leiser, damit sie sich konzentrieren kann.>> <<Ich kann mich aber so nicht konzentrieren. Es ist sehr störend.>> <<Dann geh

doch wo anders hin lernen, wenn es dir hier nicht passt.>> <<Aso, ich muss wo anders lernen, weil das Fernsehschauen wohl wichtiger sein soll.>> Thomas meint, <<Das reicht jetzt! Iris! Wenn dich der Fernseher so sehr stört, dann kannst du auch in meinem Arbeitszimmer lernen, und ich arbeite stattdessen unten.>> Iris antwortet, <<Du willst ernsthaft, dass ich in deinem Arbeitszimmer lerne?>> <<Ja.>> <<Das ist schon komisch.>> <<Das ist vollkommen in Ordnung.>>

Iris denkt, *Blöd, dass Thomas sich nicht gegen Maria aufhetzen ließ. Maria sollte doch die Böse werden, wenn sie fernsieht, um mich beim Lernen zu stören. Der Sex zwischen mir und ihrem Daddy muss besser werden, damit er sich mehr auf meine Seite stellt,* und sie grinst.

Maria denkt, *Diese Iris will mich doch schon wieder ärgern. Ausgerechnet so eine Sau soll meine Stiefmutter werden. Wenigstens ist mein Vater zu mir nett und findet Lösungen. Aber Iris will mich lieber fertig machen. Nicht, dass Dad mit ihr lange zusammenbleiben wird.* Iris trägt ihre Sachen in Thomas Arbeitszimmer hinauf und Thomas seine Sachen ins Wohnzimmer. Es herrscht wieder Ruhe, und Maria sieht weiter fern. Paul hat den Streit mitverfolgt und überrascht Sympathie von Thomas festgestellt.

Am Nachmittag fährt Maria mit ihrem langsamen Motorrad zum Übungsgelände. Während ihrer Fahrt trägt sie eine Bikerjacke, Bikerhose und ihre Lacklederstiefel. Sie zog sich oft zur kalten Jahreszeit so an, als sie mit ihrer schnellen BMW unterwegs war. Allerdings darf Maria keine Hosen mehr tragen. Deswegen entscheidet sie sich, doch dafür wieder umzudrehen und Paul ihren Verstoß gegen den Erotikkodex zu zeigen.

Nachdem Maria wieder zu Hause ist, meint sie, <<Wie du sehen kannst, habe ich gegen den Erotikkodex verstoßen.>> Paul antwortet, <<Wenn du mit einem deiner Motorräder fährst, dann darfst zumindest eine Bikehose tragen, um dich vor Stürzen besser zu schützen.>>

<<Nein. Ich möchte generell darauf verzichten, Hosen zu tragen. Es ist unnötig. Außerdem kann ich auch stattdessen einen Lederrock tragen. Du musst dir jetzt eine Bestrafung für mich ausdenken.>>

<<Naja. Normalerweise ist es für dich üblich, die Lederhose als Schutzkleidung für das Motorradfahren zu tragen. Deswegen hast du mal kurz nicht an den Erotikkodex gedacht. Ich werde dir daher noch eine zweite Chance geben, weil ich glaube, dass du dich in Zukunft daranhalten wirst, keine Hose zu tragen.>> <<Na gut. Aber beim nächsten Mal, wenn ich dann wieder in irgendeiner Weise auch nur etwas lesbisch aussehe, musst du mich unbedingt hart bestrafen.>> <<Geht in Ordnung. Aber was wird jetzt aus deiner Bikehose?>> <<Ich werde sie verschenken. Ich muss jetzt unbedingt diese Hose ausziehen, damit ich mich nicht mehr lesbisch fühle.>> <<Eigentlich werden solche schwarzen Lederhosen eher von Frauen getragen. Zumindest wenn

sie es nicht anziehen, um ein Motorrad zu fahren.>> <<Aber für Männer wäre es doch auch kein Problem sowas anzuziehen, wenn sie kein Motorrad haben. Ich darf nur sowas tragen, wo es Männer hassen würden, sowas anzuziehen. Ich habe außerdem das Weiblichkeits-Tattoo auf meinem Handgelenk, um auf männliches Aussehen komplett zu verzichten.>> Maria zieht ihre schwarze Lederhose aus und ihren Lacklederrock an. Sie zieht ihre Unterhose aus und meint, <<Bitte fick mich, damit ich mich nach diesem Horror wieder weiblicher fühle.>> Paul lächelt und meint, <<Mach ich doch gern. Du bekommst einen langen harten Penis in die Vagina geknallt, damit du dich wieder sehr weiblich fühlst.>> Paul zieht seine Hose und Unterhose runter. Danach fickt er Maria. Paul befolgt Marias Befehl, ihre Titten aus ihrem Dekolletee rauszuholen. Maria sagt, <<Jetzt schlag mich viele Male fest auf meine Brüste.>> <<Eigentlich haben wir uns geeinigt, dich doch nicht zu bestrafen.>> <<Ist mir egal. Es ist für mich befriedigend, wenn du grob auf meine weiblichen Stellen einschlägst.>> Mit etwas Verzögerung folgt Paul Marias nächster Anweisung. Paul bekommt dabei ein schlechtes Gewissen. Aber er macht weiter, weil Maria es unbedingt will.

2 Tage später ist nun Dienstag. Am Nachmittag läutet bei Thomas Wohnung die Tür. Thomas öffnet sie und sieht Pauls Eltern. Die drei grüßen sich gegenseitig. Linda hingegen zumindest mit etwas unerfreulicheren Blick. Die drei gehen ins Wohnzimmer. Pauls Eltern sehen Paul, Iris und Maria. Sie grüßen auch all diese drei. Pauls Eltern

denken, *Was macht denn Iris da? Komisch, dass sie hier ist.* Iris denkt, *Wenn Pauls Eltern da sind, dann sollte lieber nicht erwähnt werden, dass ich jetzt mit dem alten Thomas zusammen bin. Vielleicht wollen sie dann nicht, dass ich wieder mit Paul zusammenkomme. Diese lustige Neuigkeit sollte ich lieber nicht mitteilen.* Linda fragt Paul besorgt, <<Wie geht es dir hier? Was hast du hier alles gemacht?>>

<<Es geht mir gut. Ich studiere viel, und ich gönne mir auch das Fernsehen. Neulich fahre ich mit dem Fahrrad zur Uni, weil Maria mich zu Sport motiviert hat. Sie ist sehr nett und der Thomas ist, naja. Es geht mit ihm.>> <<Hat er dir irgendwas Böses getan, oder war er zu dir ungut.>>

<<Er hat sich mal darüber aufgeregt, dass ich stundenlang Videospiele spiele, anstatt mal Bücher zu lesen oder Sport zu machen. Eigentlich lese ich eh schon so viel während meines Studiums, und da ist es auch in Ordnung, wenn ich mal für ein paar Stunden Videospiele spiele.>> <<Ja. Das ist okay.>> Thomas meint, <<Es ist nicht gut, wenn jemand so lang herumzockt und keinen Sport macht.>> Paul antwortet, <<Aber ich fahre inzwischen mit dem Fahrrad zur Uni, und das ist ein toller Fortschritt, weil ich sonst immer mit dem Bus gefahren bin.>> Linda meint, <<Würde ich auch sagen. Ich bin stolz auf dich.>> Thomas schaut verärgert und meint, <<Außerdem ist es wirklich bedauerlich, dass du ausgerechnet als Sprachlehrerin sowas überhaupt durchgehen lässt, dass dein Sohn nur Lehrbücher liest und sonst nur Videospiele spielt und

vielleicht auch mal fernsieht. Aber nie Geschichten liest. Was macht er bei euch zu Hause im Haushalt?>> Iris amüsiert diese heftige Diskussion, und sie hofft, dass weitere Unruhe auf Paul zukommen wird. Für Paul ist es beunruhigend. Er hat in letzter Zeit wieder viel für die Uni gelernt und hofft darauf, dass Thomas seine bisherige Einstellung auch weiterhin akzeptieren wird. Linda antwortet nach einigen Sekunden, <<Nichts. Er muss viel für das Studium lernen, und deshalb erledigen wir für ihn den Haushalt.>> <<Mir hat Paul aber erzählt, dass er bei euch das Geschirr abwäscht und den Müll wegräumt.>> <<Aso. Das kann dir doch egal sein.>> <<Meine Kinder machen alle selber auch was im Haushalt. Auch wenn sie Verpflichtungen haben. Meine Tochter Anna arbeitet als Friseuse, übt nebenbei für das Ballett und macht trotzdem selber den Haushalt.>> Linda antwortet energisch, <<Aber mein Sohn hat auf der Uni sehr viel zu tun.>>

Maria meint zu Thomas, <<Dad, es ist vollkommen okay, wenn Paul nichts im Haushalt macht. Ich kann für ihn den Haushalt übernehmen, damit er sich auf sein Studium konzentrieren kann.>> Linda freut sich darüber, dass Maria Paul zur Seite steht, wenn ihr Vater zu ihm streng ist. Thomas und Iris hingegen weniger. Linda fragt Iris, <<Warum bist du in dieser Wohnung?>> Iris antwortet, <<Ich bin hier nur auf Besuch. Ich verstehe mich inzwischen schon besser mit Maria, weil es mich nicht mehr stört, dass sie jetzt mit Paul zusammen ist.>> Maria antwortet zu Iris, <<Von wegen. Du bist immer noch

lästig. Du hast gezickt, weil ich unten fernsehen wollte.>> <<Ich musste aber lernen.>> <<Wenn es dir hier nicht passt, dann lerne wo anders! Du musst nicht hier sein. Außerdem hast du doch nachher ohnehin in Ruhe in Thomas Arbeitszimmer gelernt.>> <<Ich habe den Fernseher aber immer noch gehört.>> <<Ach so schlimm kann es doch nicht gewesen sein. Ich habe den Fernseher sogar leiser geschaltet.>> Paul, Maria und Iris wollen lieber nicht erklären, wieso Iris nun bei Thomas wohnt. Da Thomas mit Iris zusammen ist, hat er auch nicht vor, etwas gegen sie zu sagen, und gegen seine Tochter Maria will er sich auch nicht stellen. Hans meint, <<Anscheinend versteht ihr euch immer noch nicht gut.>> Paul will Maria lieber nicht erzählen, dass er es lustig findet, dass seine Exfrau nun mit Marias Vater zusammen ist. Linda meint, <<Paul. Vielleicht wäre es besser, wenn du wieder bei uns wohnen würdest.>> Paul hat ein gutes Gefühl bei der Sache. Aber dann denkt er, *Eigentlich werde ich von der Maria bald einen SM-artigen Nachhilfeunterricht kriegen. Mom würde ein Drama daraus machen. Lieber nicht.* Paul meint, <<Ich möchte lieber noch eine Woche hierbleiben.>> Linda antwortet, <<Ist das wirklich dein Ernst? Du möchtest lieber bei Thomas bleiben?>> <<Ja. Er ist nicht so unangenehm. Ich komme bei ihm gut zurecht.>> <<Aber wir würden dich gerne wieder bei uns zu Hause haben, und es wäre für uns überhaupt kein Problem, wenn Maria bei uns wohnen würde.>> <<Mom. Ich verspreche dir, dass ich in einer Woche wieder bei euch zu Hause sein werde.>> <<Aber wieso willst du

lieber hier sein?>> <<Weil es hier cooler ist. Ich werde hier nicht so kindisch behandelt.>> <<Ach, das ist also kindisch, wenn niemand über dich schimpft und alle zu dir nett sind?>> Iris grinst und Paul meint, <<Nein, das meine ich nicht. Ist ja auch egal. Wenn es hier blöd wird, dann könnt ihr mich jederzeit abholen. Außerdem können wir auch telefonieren.>> <<Ach Schatz, ich werde zu dir nicht mehr kindisch sein. Versprochen! Es tut mir wirklich leid, dass ich dich manchmal wie einen kleinen Jungen behandelt und mich manchmal hysterisch verhalten habe.>> Paul antwortet beschämt, <<Ist schon gut! Aber da ich schon 23 bin, darf ich auch, wenn ich will, noch länger irgendwo weiterwohnen, und du kannst es mir nicht verbieten!>> <<Aber Schatz, ich vermisse dich schon so sehr.>>

<<Mama, hör bitte auf! Es ist schon okay. Ich werde immer an dich und Papa denken und dir auch versprechen, dass ich bei euch in einer Woche wieder wohnen werde.>> Linda umarmt traurig ihren Sohn und sagt, <<Ach Bubi, tu mir das bitte nicht an.>> <<Ich will diese kindischen Kosenamen nicht mehr hören.>> Hans meint, <<Linda, lass es gut sein. Wenn Paul unbedingt länger hierbleiben will, dann sollten wir es akzeptieren.>> Linda meint, <<Ach, es tut uns wirklich im Herzen weh, dass wir uns schon wieder von dir trennen müssen. Du bist wirklich kalt zu deinen lieben Eltern.>> Paul antwortet, <<Tut mir leid, ich habe euch wirklich lieb.>> Iris meint, <<Moi, deine Mami redet so lieb mit dir, und du bist so kalt zu ihr. Womit hat sie das verdient?>> Maria

grinst wegen Iris. Maria, Hans und Iris fühlen sich gerührt bei der Unterhaltung zwischen Paul und seiner Mutter. Thomas und Paul hingegen sind genervt. Paul bekommt von seinen Eltern zum Abschied Küsse und Umarmungen. Paul ist erleichtert, dass seine Eltern endlich weg sind. Aber anderseits hat er auch Schuldgefühle deswegen, dass er seine Eltern für eine weitere Woche allein lässt. Seine sensible Mutter macht ihn verrückt. Aber gerade deswegen möchte er vorerst keine wilden Sexpraktiken bei seiner Mutter mit Maria durchführen. Er möchte erstmal beim unsensiblen Vater von Maria solche Sachen ausprobieren, um weniger gestört zu werden. Glücklicherweise hat er Paul und Maria bisher noch nicht bei sexuellen Aktivitäten gestört. Thomas geht wieder rauf in sein Schreibzimmer arbeiten und Iris studiert in Thomas Wohnzimmer Chemie. Maria schickt daher Paul in ihr Schlafzimmer, um etwas Privates zu besprechen.

Nachhilfe mit Sado-Maso

Maria sagt zu Paul, <<Ich werde dich heute in Informatik prüfen. Ich habe mir einige Fragen ausgesucht, die ich dir stellen soll und auch sichergestellt, welche die richtigen Antworten wären. Ich weiß sogar, auf welche zusätzlichen Dinge ich dich hier aufmerksam machen soll.>> <<Okay. Das klingt schon mal gut, und wann findet die Prüfung statt?>> <<Sie findet um 15 vor 8 statt. Du hast also nur mehr ein paar Stunden Zeit für das Lernen. Ich hoffe, du hast dich gut vorbereitet.>> <<Ich habe schon etwas Motivation bekommen für das Studieren. Aber ich bin trotzdem nicht gut vorbereitet, weil ich mir so schwer tue, das alles zu verstehen.>>

<<Du musst dich eben mehr anstrengen. Mithilfe des SM hast du genug Spaß mit dem Lernen, bis an dein Limit zu gehen, und es wäre schade, wenn wir das nicht ausprobieren würden.>> <<Die Vorfreude auf Nachhilfe mit SM konnte sich kaum durchsetzen gegen die Mühsamkeit des Lernens.>> <<Das wird schon. Wenn wir dann loslegen, dann siehst du auch, wie lustig es erst in der Praxis ist, und dann bekommst du noch mehr Motivation.>> <<Aber schlage mich dann bitte nicht voll fest.>> <<Ist schon okay. Ich werde deutlich sanfter sein. Viel Spaß beim Lernen!>> Danach legt Paul mit dem Lernen los.

Am Abend kehrt Maria vom Sport wieder zurück zu Thomas Wohnung. Maria fragt Paul, <<Hast du dich gut vorbereitet?>> <<Nicht so. Aber ich habe mich bemüht. Ich werde viele Schläge abbekommen.>> <<Zunächst möchte ich, dass du dich erstmal mit mir abduschst. Du musst deinen rauchenden Kopf wieder abkühlen.>> Beide ziehen alles aus und gehen unter die Dusche. Maria dreht das Wasser etwas kalt auf, und Paul meckert, dass es zu kalt ist. Maria meint, <<Das solltest du aushalten. Wenn wir beide uns lieben, dann ist das Wasser nicht mehr so kalt.>> Paul und Maria küssen sich. Paul streift seine rechte Hand Marias Rücken runter und dann drückt er sie damit am Arsch. Maria umarmt Paul. Paul bekommt einen Ständer. Anschließend schamponieren die beiden den ganzen Körper des anderen und mit dem Haargel die Harre des anderen. Danach duschen sie das alles wieder ab. Paul folgt Marias Befehl, die Dusche zu verlassen und sich abzutrocknen. Maria sagt zu Paul, <<Jetzt pass gut auf, was ich mache!>> Paul beobachtet Maria. Sie dreht das Wasser ganz kalt und öffnet dabei den Mund. Sie stöhnt aber nicht. Paul fühlt das Wasser, mit dem sich Maria abduscht. Er bewundert wiedermal seine Freundin und denkt, *Wirklich beängstigend, dass so eine Braut meine Domina sein wird.* Danach steigt Maria aus der Dusche. Paul fühlt ihren Körper, Maria spannt ihre ganze Muskulatur an und Paul meint, <<Du fühlst dich an wie ein eiskalter Felsen.>> Maria antwortet, <<Statuen sind kalt, wenn es kalt ist. Deine muskulöse Aphrodite muss vorher noch etwas anziehen, bevor wir mit der Prüfung

beginnen. Du musst in einer Minute nackt in meinem Zimmer erscheinen.>> Paul hat inzwischen schon längere Zeit sexuelle Erregung empfunden, und Maria auch etwas. Maria geht in ihr Zimmer, und Paul folgt ihr nach einer Minute.

Paul sieht in ihrem Zimmer Maria im Lacklederkleid mit Dekolletee. Sie trägt auch Lacklederstiefel und schaut streng. In Paul schießt sexuelle Erregung hoch. Paul folgt Marias Anweisung, sich auf das Holzgestell zuzubewegen. Maria fesselt seine Arme und Beine ans Gestell, damit er völlig wehrlos ist. Maria sagt zu Paul mit strenger Stimme, <<Ich werde dich schon noch zum Lernen antreiben, damit du später bessere Karriereaussichten hast.>>

Maria greift auf Pauls Stirn und setzt fort, <<Mich macht das geil, wenn du dich mit geistigem Kram abquälst, um für mich Geld zu verdienen. Ich hätte dann gerne einen Sportwagen von dir, damit ich dich schnell zu wichtigen Meetings chauffieren kann. Nun wollen wir mit dem Prüfen starten. Ich werde dir 10 Fragen stellen und für falsche Antworten bekommst du einen Klatscher auf den Po.>> Paul denkt, *Wow! Dieses Domina-Kleid ist wild. Diese Frau überwältigt mich immer wieder. Naja. Solange sie nicht zu brutal ist, werde ich gerne für sie hart arbeiten.* Maria stellt die erste Frage, und Paul beantwortet sie nicht ganz richtig. Maria erklärt, was falsch ist und lässt sich von Paul dazu überreden, ihn vorerst zu verschonen. Die zweite Frage wurde richtig beantwortet. Maria bewundert Paul jetzt schon wegen seiner Fachkenntnisse, weil sie von all dem keine Ahnung hat. Aber bei der dritten Frage kennt sich Paul nicht aus. Deswegen bekommt Paul von der Maria einen Klatscher auf den Po. Paul stöhnt auf. Er hält den Schmerz gerade noch aus. Aber durch die sexuelle Erregung ist es nicht so schlimm. Maria erklärt die Antwort und weist daraufhin, bei welchen Dingen es hier Gemeinsamkeiten in der Informatik gibt. Nach der sechsten Frage stöhnt Paul zum dritten Mal. Iris schleicht sich neugierig zu Marias Schlafzimmertür und öffnet sie vorsichtig. Iris ist überrascht, nachdem sie gesehen hat, was da los ist. Etwas später sieht Maria sie und meint, <<Kannst du bitte rausgehen?>> <<Ich möchte nur schauen, was ihr da macht.>> <<Nein! Das geht dich nichts an und jetzt raus!>> <<Ach komm. Ich möchte nur kurz schauen.>> Maria kommt auf Iris zu und sagt, <<Raus!>> <<Es tut mir leid, falls ich dich in letzter Zeit so genervt habe. Das wollte ich nicht. Eigentlich wäre es toll, wenn wir Freunde wären.>> Maria zerrt Iris aus ihrem Zimmer raus und schließt die Tür. Maria meint zu Paul, <<So eine Nervensäge würde ich auch gern fesseln und foltern.>> Iris entfernt sich von der Tür. Etwas später schleicht sie sich wieder hin und lauscht. Paul hat drei Fragen richtig beantwortet, zwei sind etwas fehlerhaft und fünf sind noch fehlerhafter. Paul hat daher fünf Schläge bekommen. Maria meint, <<Das sieht gut aus. Aber das wäre wohl immer noch nicht ausreichend.>> Paul antwortet, <<Es ist zumindest besser als sonst. Aber ich muss mich mit dem Lernen wohl mehr bemühen.>> <<Es hat also geholfen, mit SM nachzuhelfen.>>

Maria entfesselt Paul. Paul folgt der Anweisung, sich vor Maria niederzuknien. Maria fragt Paul streng, <<Wozu lernst du?>> <<Um den Master zu kriegen.>> <<Und wofür ist er wichtig?>> <<Für bessere Karriere und mehr Gehalt.>> <<Wozu wirst du viel Geld verdienen?>> <<Um dir solche teuren Sachen wie einen Sportwagen zu kaufen.>> <<Ist das dein Ernst?>> <<Kommt drauf an, wieviel ich verdiene.>> <<Okay. Dann hoffe ich, dass du hart arbeitest und jetzt leck meine Stiefel!>> Paul leckt Marias Stiefel. Maria sagt zu Paul, <<Als nächstes wirst du Fitnessübungen machen.>> Paul macht auf Marias Befehl ein paar Frauenliegestütze, unkorrekte Situps, eine Rückenübung und Dehnübung. Maria meint, <<Mann, es ist so peinlich, wie du dich anstellst. Meine Oma stellt sich besser an. Das ist echt blöd zum Anschauen.>> Danach schaut Iris rein und lächelt wegen Pauls Unsportlichkeit. Kurz darauf schreit Maria, <<Hey! Kannst du uns endlich in Ruhe lassen.>> Iris antwortet, <<Jetzt sei doch nicht so gemein. Ich wollte doch nur schauen.>> <<Wenn ich sage, dass du draußen bleiben sollst, dann hast du auch draußen zu bleiben. Oder bist du dafür zu blöd, das endlich zu verstehen?>> <<Ist schon okay. Ich werde euch nicht weiter stören.>> Iris geht wieder raus. Nach den Fitnessübungen fragt Paul die Maria, <<Möchtest du mir jetzt akrobatische Kunststücke vorzeigen?>> Maria denkt kurz nach und antwortet, <<Nein.>> <<Wieso?>> <<Ich wüsste nicht, wieso ich dich mit sowas jetzt belohnen sollte.>> <<Du kannst mir was vorzeigen als Belohnung, weil ich besser unterwegs bin beim Studium.>> <<Okay.

Ich zeige dir etwas vor.>> Maria macht in ihrem lackierten Domina-Kostüm einen Handstand für 15 Sekunden. Die Unterseite ihres Lackkleids geht nach unten. Sie steht wieder auf den Beinen und meint, <<Wenn du dann den ersten Informatiktest positiv abschließt, zeige ich dir sogar mehrere Kunststücke im Domina-Outfit.>> Maria wechselt wieder ihr Outfit.

Danach gehen Paul und Maria ins Wohnzimmer. Thomas und Iris sind bereits dort.

Iris erzählt Thomas, <<Maria hat in ihrem Zimmer ein lackiertes Kleid mit Stiefeln getragen und Paul an ein hölzernes Gestell gefesselt. Sie hat ihn anscheinend auch gefoltert.>> Thomas meint, <<Klingt spannend.>> <<Sie machen wahrscheinlich auch lauter andere perverse Sachen.>> Maria meint energisch, <<Jetzt hör endlich auf! Das geht dich alles nichts an, und du hast uns auch nicht zu stören, wenn wir etwas machen.>> Thomas meint, <<Iris! Ich finde es auch nicht richtig, wenn du die anderen störst. Sie können ruhig machen, was sie wollen, solange sie sich nicht gegenseitig umbringen.>> Iris antwortet, <<Ich bin nur besorgt gewesen, es kann sein, dass da wirklich was Krankes oder Gefährliches am Laufen war.>> <<Ist schon gut. Aber solange es den anderen nicht stört oder niemand um Hilfe schreit, ist es unnötig andauernd ins Zimmer reinzustürmen.>> <<Ich war um Paul besorgt und es sah für mich schrecklich aus.>> <<Die beiden sind schon erwachsen, und wenn sie unbedingt irgendetwas miteinander machen wollen, dann kann ich

es denen auch nicht verbieten.>> <<Aber du musst trotzdem aufpassen, dass es nicht eskaliert, weil das, was Paul und deine Tochter miteinander machen, ist wirklich schon gefährlich und pervers.>>

Maria sagt laut zu Iris, <<Hey! Kannst du endlich die Klappe halten? Du hast gesagt, dass wir miteinander Frieden schließen sollen, und da gehört schon mal dazu, dass du dein Gemeckere abstellst und dich nicht in unser Leben einmischt.>>

Iris ist verängstigt und antwortet etwas später, <<Es tut mir leid. Ich will dich auch nicht ärgern. Ich meine es nur gut mit dir, weil ich euch davor warnen will, dass ihr gefährliche, unmoralische Sexpraktiken miteinander machen könntet.>> Maria greift sich auf die Stirn, schließt ihre Augen und stöhnt.

Etwas später antwortet sie, <<Ist schon okay! Wir werden schon wissen, was wir tun, und wir brauchen jetzt auch nicht länger über dieses Thema zu diskutieren, weil es dir scheißegal sein kann, was ich mit Paul mache.>> Maria denkt, *Diese Iris ist wie eine nervige Schwester. Anna war viel angenehmer, als sie noch bei uns gewohnt hat, und dann soll Iris ausgerechnet die Freundin von meinem Dad sein. Sie macht auf braves, vernünftiges Mädchen und versucht meinen Vater gegen mich aufzuhetzen.* Paul denkt, *Iris ist wohl immer noch auf Rachefeldzug, weil ich jetzt mit Maria zusammen bin. Sie will unser Liebesleben stören und Thomas gegen uns hetzen. Ein Glück, dass er bis jetzt gelassen blieb.*

Etwas später meint Thomas, <<Ich finde es gar nicht so schlimm, wenn Maria mit Schlägen Paul Nachhilfeunterricht gibt. Zu meiner Zeit wurden Kinder oft geschlagen, wenn sie zu faul zum Lernen waren, und diese Lernmethode hat auch Wirkung gezeigt. Es ist auch interessant, dass Maria für sich selbst die Regel aufgestellt hat, keine Hose mehr tragen zu dürfen. Dadurch lebt es sich so wie in den alten Zeiten. Bevor in den 60ern die Hippie-Bewegung entstanden ist, durften Frauen auch nur Kleider und Röcke tragen.>>

Paul meint, <<Aber andererseits ging es in der alten Zeit auch prüde zu. Man wollte erotische Dinge verstecken und man hat solche auch oft dramatisiert. Ich und Maria bringen eben alte Dinge wieder zurück. Aber mit Begeisterung für Sexualität.>>

Iris behauptet, <<Die Hippie-Bewegung ist wesentlich schöner als so ein SM, wo es um Hass, Gewalt und Diskriminierung geht. Ich hätte mit dem Paul auch einige erotische Dinge vorgehabt. Solche Sachen, die etwas angenehmer und ungefährlicher sind.>> Paul sagt, <<Naja, unter Hippie kann ich mir nicht wirklich was Erotisches vorstellen.>> Maria meint, <<Ja, was soll daran schon erotisch sein.>>

Iris meint, <<Naja. Tantra könnte sexy sein und das könnte was von den Hippies sein. Aber ansonsten würde auch freundlichere Reizwäsche mit sehr intimem Sex in Ordnung gehen. Echt schade, dass ich Paul allein gelassen habe. Ich habe ihn nicht erfolgreich vor so einer bösen

Domina beschützt.>> Thomas denkt, *Es wäre eigentlich eh besser gewesen, wenn Paul bei der Iris geblieben wäre.* Paul meint, <<Ist schon okay. Mit der Maria ist es cooler und geiler.>> Maria sagt zu Iris, <<Siehst du? Er steht eher auf die harte Tour.>>

Iris denkt, *Schade, dass ich Marias Vater nicht gegen Maria aufhetzen konnte. Thomas ist eben nicht prüde. Aber ich hätte schon eine neue Idee, wie ich eine miese Stimmung erzeugen kann.*

2 Tage später. Am Nachmittag sitzen Paul, Maria, Thomas und Iris wieder im Thomas Wohnzimmer und essen etwas. Iris verkündet, <<Ich werde heute ausziehen.>> Maria schaut fröhlich, und Iris sagt zu Thomas, <<Und ich mache mit dir Schluss.>> Thomas schaut etwas verstimmt und fragt, <<Wieso willst du jetzt auf einmal mit mir Schluss machen?>> <<Es wird mir hier alles einfach zu viel. Es geht hier pervers und brutal zu. Für dich scheint das alles auch noch schön zu sein.>> <<Für mich ist das nicht schön, was Paul und Maria miteinander machen. Ich finde das schon auch etwas pervers. Ich habe gemeint, dass sie bereits erwachsen sind und deshalb machen können, was sie wollen.>> <<Du hast aber gestern gesagt, dass es gar nicht so schlimm ist, mit Schlägen Nachhilfeunterricht zu geben.>> <<Ja. Entschuldigung. Da habe ich nur einen Witz gemacht. Eigentlich ist das nicht gut, dass man früher so brutal gewesen ist.>> <<Außerdem ist Maria oft zu mir aggressiv gewesen. Dass sie auch noch solche SM-Praktiken macht, passt echt gut

rein.>> Maria meint, <<Dass ich aggressiv werde, wird wohl verständlich sein, wenn du mich andauernd nervst.>> Thomas sagt, <<Maria! Du solltest Iris lieber nicht so aggressiv anfahren. Es geht auch freundlicher, wenn du dich über irgendwas beschwerst.>> <<Ja. Das ist aber nicht so einfach, wenn sie mich immer wieder provozieren will.>> <<Sie will dich nicht provozieren. Es ist nur so, dass es manchmal schwierig ist, und das sollte man trotzdem in Ruhe klären.>> Maria denkt verärgert, *Mein Dad durchschaut Iris nicht? Ich hoffe, sie zieht endlich aus.* Paul würde sich auch auf das Ausziehen von Iris freuen. Er ist aber weniger verärgert. Iris denkt, *Es ist schon mal gut, dass Thomas sich auf meine Seite stellt. Er hängt so fest an mir.* und meint, <<Es geht einfach nicht mehr. Ich habe dir eh schon gesagt, dass mir das alles hier zu viel geworden ist. Es ist hier so viel Unruhe, Hass und Perversität. Du musst einfach verstehen, dass ich mich so hier nicht wohl fühlen kann.>> Maria meint, <<Schön. Dann zieh doch aus.>> und denkt, *Ich habe keine Lust mehr mir noch weitere solche Kommentare anzuhören.* Thomas schlägt vor, <<Wenn es dir hier nicht gefällt, dann können wir doch auch irgendwo anders wohnen. Wir können doch etwas unternehmen zB. laufen, ins Kino gehen oder wandern.>> Iris antwortet etwas später, <<Thomas, ich habe genug.>> <<Aber meine Tochter Maria muss nirgendwo mehr mit dabei sein. Du hast dann vor ihr deine Ruhe.>> Iris geht ihre Sachen packen und meint, <<Bei so einer miesen Stimmung ist mir alles vergangen. Außerdem scheinst du doch auch, so wie sie, verrückt zu sein. Das willst du jetzt

aber bloß abstreiten.>> <<Ich bin doch nicht verrückt. Mir gefallen solche verrückten Sachen auch nicht.>> Etwas später setzt Thomas fort, <<Mich selber stört es auch, dass meine Tochter so aggressiv und pervers ist, und ich kann deine Reaktion deshalb voll verstehen.>> <<Ja. Ja.>> <<Wir können trotzdem etwas Schönes unternehmen. Überlege dir das bitte gut.>> <<Da gibt es nichts mehr zum Überlegen. Es ist vorbei.>> Iris haut ab. Danach meint Thomas verärgert, <<Echt schade, dass sie mich verlässt. Aber vielleicht wollte sie mit mir nur deswegen zusammen sein, um dich zu ärgern.>> Maria antwortet, <<Was du nicht sagst.>> <<Eigentlich ist das schon eine nervige Tussi, und ich hätte mich von so einer auch nicht gegen dich aufbringen lassen. Ich habe mich bemüht, für Frieden und Einigung zu sorgen.>> <<Sie hat immer wieder versucht, Ärger zu machen.>> Thomas denkt, *Hoffentlich kommt sie wieder. Hauptsache ich habe wieder mit so einer jungen Frau Liebe.* Paul meint, <<Meine Exfrau wollte nur deswegen mit dir zusammen sein, um bei uns Unruhe zu stiften.>> Maria antwortet, <<Das sehe ich auch so.>>

Iris ist wieder bei Markus und Frank auf dem Basketballspielplatz und verkündet ihnen, <<Ich habe für 6 Tage eine Beziehung mit Marias Daddy gehabt.>> Frank und Markus schauen blöd und Markus meint, <<Echt? Nicht dein Ernst.>> <<Wir haben sogar Sex miteinander gehabt.>> Markus und Frank lächeln, und Markus sagt, <<Du hast wirklich unseren Sportlehrer gebumst? Ist ja voll cool. Wie war der Fick?>> <<Ach, der war okay. Er

hatte einen heißen Körper.>> <<Super.>> <<Ich habe übrigens auch für Unruhe gesorgt bei Thomas. Ich habe versucht, Thomas gegen seine Tochter Maria aufzuhetzen. Aber das ist mir leider nicht gelungen.>> Frank fragt, <<Und was ist damit, Thomas gegen Paul zu hetzen?>> Iris antwortet, <<Das ist mir leider auch nicht gelungen.>> <<Dann erzähl, für welche Unruhe du gesorgt hast.>> Iris erzählt davon, dass es ihr nicht gelungen ist, dafür zu sorgen, dass Maria nicht fernsehen darf, während Iris studiert, weil Thomas eine Ersatzlösung gefunden hat. Weiters erzählt Iris von Pauls Nachhilfeunterricht mit SM. Frank meint, <<Nicht dein Ernst.>> Iris antwortet, <<Doch, das habe ich wirklich gesehen. Das sah alles sehr wild und erotisch aus.>> Frank schaut böse.

Markus sagt, <<Was wird denn noch alles auf Paul zu-kommen? So ein Glückspilz. Echt krass, dass ausgerechnet die Tochter von Thomas sowas Paul anbietet, um ihn abzuhärten und zum Studieren anzutreiben.>> Frank meint zornig, <<Dieser Hurensohn. Wieso hat er denn so eine Schlampe als Freundin?>> Iris erzählt davon, dass sie schlecht über den SM geredet hat, und mit ihrem eigenen Angebot für erotischen Lifestyle nicht zu Paul gekommen ist. Markus lächelt und meint, <<Hat wohl nicht geklappt, deinen Pauli wieder zurückzugewinnen.>>

Iris erzählt, <<Aber ich habe deswegen Thomas heute abserviert. Ich habe ihm auch klargestellt, dass es in

dieser Wohnung zu viel Hass, Unruhe und Diskriminierung gibt. Dass mir das alles zu viel wird. Thomas wollte mir danach vorschlagen, dass wir uns auch in einer anderen Wohnung aufhalten können, miteinander joggen und ins Kino gehen können. Aber auf sowas bin ich nicht eingegangen, da ich wollte, dass Maria in der Nähe ist, damit ich sie möglichst schlecht machen kann, und da Thomas wieder mit Konfliktlösungen kam, war es dann sowieso vorbei.>>

Markus meint, <<Du hättest dich aber nicht unbedingt gleich von ihm trennen müssen. Du hättest ruhig weiterhin probieren können, Maria weiter zu stalken. Außerdem findest du Thomas auch heiß.>> <<Ach, ich bekomme es nicht richtig hin, Thomas gegen seine Tochter aufzuhetzen. Aber ich hoffe, dass es wenigstens ein bisschen geklappt hat.>> Frank antwortet, <<Ja. Das hoffen wir auch.>>

5 Tage später. Am Nachmittag läutet an Thomas Wohnung die Tür. Thomas öffnet sie und stellt etwas enttäuscht fest, dass nicht Iris, sondern Pauls Eltern vor der Tür stehen. Thomas, Maria, Paul und Pauls Eltern begrüßen sich gegenseitig. Linda sagt zu Paul, <<Jetzt sehen wir uns endlich wieder. Wir haben dich schon so sehr vermisst.>> Sie küsst und umarmt ihn. Linda fragt Paul, <<Wie ging es dir hier?>>

Paul denkt nach und erzählt, <<Iris hat mal einen Streit mit der Maria gehabt, weil es Iris gestört hat, dass der Fernseher rennt, während sie studiert. Aber Thomas hat

eine tolle Lösung gefunden. Er hat beschlossen, unten im Wohnzimmer zu arbeiten und Iris hat stattdessen oben in seinem Schreibzimmer gearbeitet.>> Hans meint zu Linda, <<Aha, dann kann Thomas doch auch ein guter Mensch sein. Er ist eh nicht so schlimm.>>

Paul sagt, <<Er ist in letzter Zeit auch gar nicht mehr so unangenehm gewesen. Es gab von ihm kein Gemeckere mehr, und ich mache auch etwas Fitnessübungen. Ich studiere auch fleißig.>> Linda fragt Maria, <<Sagt er auch die Wahrheit?>> Maria antwortet, <<Ja.>> Linda fragt Paul, <<Sind die beiden Mädchen auch zu dir nett gewesen?>> Paul denkt, *Die Iris ist ungut und nervig gewesen. Sie hat mich und Maria nicht in Ruhe gelassen. Maria ist auf tolle Weise fies gewesen. Aber von all dem kann ich meiner hysterischen Mutter doch nichts erzählen.* und sagt, <<Es waren beide okay.>> <<War eine von den beiden etwas böse?>> Paul antwortet nach einigen Sekunden, <<Nein.>> <<Hättest du Lust, jetzt nach Hause zu fahren? Also. Heute fährst du schon zu uns nach Hause. Das haben wir auch so abgemacht.>>

<<Ich kann heute zu euch nach Hause fahren. Allerdings führe ich mit Maria SM-Praktiken durch, und wenn du unbedingt willst, dass ich wieder bei dir wohne, dann musst du das auch akzeptieren.>> Linda schaut leicht entsetzt und fragt, <<Was sollen das für welche SM-Praktiken sein?>>

<<Das kann alles Mögliche sein, was sehr erotisch und auch wild ist. Genauere Details musst du dazu nicht

wissen. Wichtig ist nur, dass ich 23 bin und deshalb machen kann, was ich will. Wenn du das nicht akzeptieren kannst, dann werde ich bei Thomas bleiben.>> <<Großer Gott, auf was lässt du dich da ein. Sowas ist doch nicht normal.>> <<Mama! Kannst du dich zusammenreißen oder muss ich hierbleiben?>> Linda greift mit der Hand auf ihre Stirn und stöhnt leicht. Sie sagt, <<Ist schon gut, ich werde es akzeptieren. Aber treibt es bitte nicht zu wild.>> <<Gut, dann wäre alles geklärt.>> Thomas fragt Maria, <<Für wie lange wirst du bei Hans und Linda bleiben?>> <<Ich denke, Ja. Für eine Woche.>> <<Okay. Dann muss ich wohl die ganze Woche allein zu Hause bleiben.>> <<Ach Daddy, Eine Woche ist eh nicht so lang. Außerdem habe ich am nächsten Samstag einen Zirkusauftritt. Dort kannst du mich dann wieder beobachten, und wir können auch in der Zwischenzeit gemeinsam laufen, wenn wir uns irgendwo treffen.>> <<Okay. Ich werde mir wieder Zeit nehmen und dich bei deinem Auftritt beobachten.>> Hans meint, <<Du hast also nächsten Samstag einen Zirkusauftritt. Dort sollten wir auch hingehen, um zu sehen, was Maria draufhat.>> Linda sagt, <<Okay. Ich hätte auch Zeit für eine Zirkusschau. Wir werden dann dort sein.>> Hans fragt, <<Paul! Du hättest doch sicher auch Lust zum Zirkus zu gehen, oder?>> Paul antwortet, <<Ja. Natürlich.>> Thomas meint, <<Okay. Dann können wir einen gemeinsamen Treffpunkt ausmachen und wir werden dann auch schauen wo wir sitzen können.>> Paul sagt zu Maria, <<Ich bin schon gespannt, was du uns alles

vorführen wirst.>> Maria antwortet, <<Ich würde mich auch riesig freuen, wenn ihr alle mit dabei wärt.>> Hans, Linda, Paul und Maria verabschieden sich von Thomas. Maria gibt ihrem Vater einen Kuss auf die Wange. Anschließend fahren Hans Paul, Maria und Linda zu sich nach Hause.

4 Tage später ist bereits Samstag. Pauls Familie und Thomas stehen vor dem großen Zirkuszelt und schauen sich dessen Umgebung an. Anschließend gehen sie rein und setzen sich auf ihre Plätze. Nach einigen Minuten erscheint auf der Bühne der Zirkusdirektor persönlich, begrüßt das Publikum und trägt etwas vor. Zu guter Letzt wünscht er seinen Zuschauern viel Spaß. Danach wird Musik gespielt. Sie wird zwischen den Auftritten gespielt. Den ersten Auftritt macht ein Clown. Er bekommt Bälle zugeworfen und jongliert mit ihnen. Er bekommt immer mehr Bälle zugeworfen, bis er mit zehn jongliert. Zum Schluss wirft er sie wieder zurück und das Publikum applaudiert. Den nächsten Auftritt macht wieder ein Clown. Diesmal mit glänzender Hose. Er präsentiert herausragende Dehnübungen. Einige Zuseher sind schockiert. Den dritten Einsatz machen ein Löwe und sein Bändiger. Der Bändiger sorgt dafür, dass der Löwe wo raufspringt. Im Anschluss springt der Löwe durch einen Reifen. Es wirkt interessant, dass man mit solch einem gefährlichen Raubtier so problemlos spielen kann. Den nächsten Auftritt macht ein Zylinderhutträger auf

Stelzen. Für einige Zuseher ist es sehr faszinierend, dass sich manche Menschen so gefährliche Sachen antun. Linda ist wiedermal schockiert. Nun treten als nächstes zwei Frauen und zwei Männer als Zirkusartisten auf. Darunter befindet sich auch Maria mit einem glänzenden kurzen Kleid. Die Artisten befinden sich hoch oben, viele Meter über dem Boden. Es befindet sich darunter aber ein Netz, um einen Akrobaten aufzufangen, falls er runterfällt. Die Akrobaten schwingen sich nun von einer Hochschaukel zur anderen und machen während ihrer Sprünge Körperdrehungen. Manchmal landen sie mit einem Handstand auf der Stange einer Hochschaukel. Es ist verblüffend, dass die Artisten bei solch einer Höhe so viel Mut und Körperbeherrschung zeigen. Danach taucht der Zirkusdirektor wieder auf der Bühne auf und hält erneut einen Vortrag. Er hofft, dass die Zuseher Spaß gehabt haben und wünscht ihnen noch einen schönen Abend. Die Show hat die Leute in Stimmung gebracht. Aber es ist schon schade, dass es vorbei ist.

Nach der Show kommt Maria auf Pauls Familie und ihren Vater zu. Hans meint, <<Das war wiedermal ein grandioser Auftritt und dann auch noch auf so einer Höhe. Ich habe immer schon gewusst, dass du ein Engel bist, der hoch in den Lüften dynamisch unterwegs ist.>> Paul sagt danach, <<Anscheinend geht es bei den Engeln oben am Himmel sportlicher zu als auf der Erde.>> <<Ja. Also. Solche Geschöpfe verdient unsere Welt wirklich nicht. So etwas sollten wir uns nicht einmal vorstellen.>> <<Papa! Kannst du endlich damit aufhören, mit meiner

Frau derartig zu flirten?>> <<Ich will doch nur charmant sein.>> <<Aber das ist meine Frau. Mir passt das deshalb nicht, wenn du mit ihr flirtest.>> Maria meint, <<Jetzt komm schon Paul. Es ist vollkommen okay, mit der Frau des anderen nett zu reden.>> Sie meint zu Hans, <<Du bist wahrscheinlich der größte Kavalier der Welt.>> Hans antwortet, <<Freut mich, das zu hören.>> Paul denkt, *Jetzt muss ich schon wieder neben meinem Papa wie ein Romantikflop dastehen.*

Linda meint zu Maria, <<Also mich hat das alles, was ich im Zirkus gesehen habe, schockiert. Ich bin echt froh, dass es wenigstens unter euch Artisten ein Netz zum Auffangen gegeben hat. Aber ich könnte mir trotzdem nicht vorstellen, bei solch schwindelnden Höhen so fokussiert zu bleiben. Das ist wirklich beeindruckend, was sich manche Menschen da antun.>> Hans meint, <<Seien wir froh, dass es solche Menschen gibt, weil das Leben sonst langweilig wäre. Ein bisschen Spannung muss auch sein.>>

In der Wohnung von Pauls Eltern trägt Maria immer noch ihr Zirkuskleid und weist Paul zu seinem Schlafzimmer hin. Maria meint, <<Ich werde dich jetzt wieder prüfen. Ich hoffe, du hast wieder viel gelernt.>> <<Ja. Ich habe inzwischen schon mehr Motivation, weil es mit SM einfach mehr Spaß macht.>> <<Das ist super und du hast dich inzwischen auch schon verbessert. Diesmal wird das Kleid, das ich jetzt trage, mein Domina-Kleid sein.>> <<Das ist eine coole Idee.>> Paul denkt, *Echt geil, dass sie ausgerechnet das Kleid, mit dem sie aufgetreten ist, als Domina-Kleid verwendet.* Maria zieht ihre Lacklederstiefel zusätzlich an und fesselt Paul wieder an das Holzgestell, das sie zur Wohnung von Pauls Eltern mitgenommen hat. Paul liegt erst bei der dritten Frage falsch und bekommt einen Schlag auf den Po. Paul stöhnt auf. Linda ist auf den Schrei von Paul aufmerksam geworden. Sie geht aber vorerst nicht ins Zimmer. Die fünfte Frage hat Paul ebenfalls falsch. Er bekommt den Schlag und stöhnt erneut. Nun ist Linda um Paul besorgt und geht in sein Zimmer. Linda fragt schockiert, <<Was machst du da mit meinem Burli?>> Maria antwortet, <<Ich gebe Nachhilfe.>> <<Aber das Geschrei vom Pauli hört sich so furchtbar an. Was genau machst du da?>> <<Ich gebe ihn jedes Mal einen Klaps auf den Po, wenn er was falsch antwortet.>> <<Was soll denn das für eine Nachhilfe sein? So kann man doch überhaupt nichts lernen.>> Paul meint, <<Eigentlich habe ich mich durch diese Lernmethode verbessert. Es fühlt sich so geil an, und es ist auch motivierend.>> Linda sagt zu Maria, <<So ein Unsinn. Mit Schlägen wird man bloß verstört. Ihr solltet wirklich aufhören mit so einem Unsinn. Es wäre besser, wenn du ihn normal prüfst.>> Paul meint, <<Ich werde eh nicht so fest geschlagen, dass es sehr unangenehm ist. Es ist nur so fest, dass es einfach ein geiles Gefühl, Lernsklave zu sein.>> Linda sagt aufbrausend, <<Also wirklich. Sowas ist idiotisch. Ich habe überhaupt keine Freude damit, dass du dich auf sowas Unkultiviertes einlässt. Heutzutage leben wir in einer zivilisierten

Welt.>> Paul sagt, <<Mama! Wir haben uns darauf geeinigt, dass>> Maria meint, <<Überlasse mir das Reden.>> Sie sagt laut zu Linda, <<Raus!>> Linda antwortet, <<Probiere es doch mal friedlicher. Dann wirst du sehen, dass er sich besser konzentrieren kann.>> Maria geht auf Linda zu und sagt, <<Gehst du jetzt bitte raus? Es ist gar nicht wichtig, was du für eine Meinung dazu hast. Paul ist jetzt erwachsen, und deswegen hast du nicht mehr über sein Leben zu bestimmen.>> <<Ach, es tut mir wirklich im Herzen weh, was du mit meinem Sohn machst.>> <<Du wirst dich daran gewöhnen und jetzt geh bitte raus.>> Maria zerrt Linda aus dem Raum raus. Sie schließt die Tür. Linda meint, <<Was soll das? Das ist immer noch mein Haus.>> Für Paul ist es befriedigend, wie Maria Pauls Mutter weggedrängt hat. Linda setzt sich wieder zu Hans ins Wohnzimmer.

Linda sagt, <<Hans! Maria führt gerade was Furchtbares mit unserem Paul auf. Sie schlägt ihn wahrscheinlich jedes Mal, wenn er beim Prüfen eine Frage falsch beantwortet hat. Er bezeichnet sich auch als Lernsklave.>> <<Ja. Die beiden haben eben eine Vorliebe für SM.>> <<Aber ausgerechnet für den SM-Mist. Ich hätte mir nie gedacht, dass es so schlimm wird, wenn Paul mit dieser Maria zusammenkommt. Wieso konnte er denn nicht einfach mit der Iris zusammenbleiben?>>

<<Linda! Wir haben uns geeinigt, dass wir die SM-Praktiken von Paul und Maria akzeptieren werden. Wann kapierst du endlich, dass Paul selbst entscheiden kann,

was er in seinem Leben macht?>> <<Es ist wirklich schlimm, sowas akzeptieren zu müssen. Ich hätte nie gewollt, dass Paul später mal so eine wilde Nachhilfe bekommt.>> Hans denkt, Linda ist schon wieder so nervig. Ich kann echt verstehen, dass Paul sich durch sie genervt fühlt. Man kann doch nicht aus allem so ein Drama machen. Paul stöhnt zwei weitere Male. Somit hat er vier von zehn Fragen falsch beantwortet. Eine Frage wurde nur wenig falsch beantwortet. Da hat Paul einen leichteren Schlag bekommen. Paul wird wieder mal entfesselt. Auf Marias Befehl kniet sich Paul vor ihr hin, leckt ihre Stiefel. Nun darf er auch ihre Vagina lecken, weil er beim Lernen schon so gut unterwegs ist. Maria meint, <<Hoffentlich ist deine Mutter nicht so nervig wie Iris.>> Paul muss schon wieder das Fitnessprogramm für Waschlappen erledigen. Paul und Maria sind froh, dass es doch geklappt hat, die SM-Praktik durchzuführen, ohne dabei weiter gestört zu werden.

Am nächsten Tag ist Montag und für Paul findet heute der erste Test in diesem Semester statt. Hans fragt Paul, <<Bist du für den heutigen Test gut vorbereitet?>> Paul meint, <<Naja, immerhin besser als sonst. Durch Maria ist das Lernen nicht mehr so trocken wie sonst.>> <<Dann bin ich schon gespannt, was rauskommen wird.>> Paul fährt wieder mal mit dem Fahrrad, statt mit dem Bus zur Technischen Universität. Paul erscheint in der Klasse fünf Minuten vor Testbeginn und begibt sich auf einen Platz. Ein paar Minuten später erscheint dann auch der Professor in der Klasse und teilt die Zettel aus. Er weist seine Studenten auch darauf hin, die PCs einzuschalten, weil mit denen beim Test auch gearbeitet wird.

Der Professor verkündet, <<Ihr dürft ab jetzt eure Zettel umdrehen. Ich wünsche euch allen viel Erfolg beim Test. Ich hoffe, ihr zeigt auch in diesem Semester wieder gute Leistungen.>> Paul tut sich diesmal etwas leichter als bei den Tests im vorigen Semester. Diesmal rechnet er eher mit einer positiven Note.

Am Nachmittag bekommt Maria einen Anruf von Jürgen und hebt ab. Maria und Jürgen grüßen sich.

Jürgen verkündet, <<Anna und ich haben beschlossen, eine neue Modeordnung für die kalte Jahreszeit zu beschließen. Ich wollte dich fragen, ob du und Paul Lust hätten, zu uns zu kommen, damit wir das persönlich besprechen können?>> <<Naja, ich wäre damit einverstanden, dass wir uns treffen. Aber ich werde zuerst mal Paul fragen, ob er auch dazu Lust hätte.>> Maria ruft zu Paul, <<Paul!>> <<Ja>> <<Hättest du Lust, heute bei Jürgen und Anna zu sein?>> <<Ist okay.>> Maria meint zu Jürgen, <<Paul ist einverstanden.>> Jürgen antwortet, <<Gut! Könntet ihr beide jetzt zu uns kommen?>> <<Ja. Ist okay.>> Anschließend verabschieden sich Jürgen und Maria voneinander. Maria und Paul fahren mit ihren Fahrrädern zu Jürgen und Anna. Anna öffnet den beiden die Tür. Jürgen meint, <<Schön, dass wir uns wieder sehen. Paul! Es ist auch schön, dass du dir mal unsere Wohnung anschaust.>> Paul sagt, <<Echt cool, dass ihr beide hier ohne Eltern lebt. Ich und

Maria werden eines Tages auch eine eigene Wohnung haben. Ich nehme mal an, dass ihr diese nur mietet.>> <<Ja. Wir sind noch jung. Deswegen dauert es noch etwas, bis wir sie uns kaufen können.>> <<Also. Meine Eltern besitzen ihre Wohnung bereits.>> <<Das ist schön.>> Maria meint, <<Meinem Dad gehört auch bereits seine Wohnung.>> Paul meint, <<Ich werde als Programmierer schon ordentlich verdienen. Da wird es dann schon nicht so lange dauern. Ich könnte mir auch ein teures Auto dazu kaufen.>> Jürgen fragt Paul, <<Wie weit bist du jetzt mit deinem Studium?>> <<Ich bin im neunten Semester. Ab dem zehnten bin ich fertig. Da habe ich nämlich den Master.>> Maria meint, <<Sieht gut aus. Dann bist du schon weit.>>

Paul sagt zu Jürgen, <<Ach, ich finde übrigens, dass du und Anna mehr verdienen werden als ich. Ihr beide werdet wahrscheinlich großartige Balletttänzer werden, die in aller Welt bekannt sind.>> Jürgen antwortet, <<Das wäre schön. Ich will nun mit euch die neuen Modevorschriften für die kalte Zeit besprechen.>> Etwas später fragt Jürgen Maria, <<Ist es so, dass du keine Hosen tragen darfst?>> <<Ja. Das steht in dem Erotikkodex, den ich dir gezeigt habe.>> <<Hast du dann nach der Unterzeichnung deines Erotikkodex eine Schistrumpfhose getragen?>> <<Nein.>> <<Irgendwas, was so ähnlich aussieht wie eine Hose?>> Maria überlegt kurz und antwortet, <<Ähm. Nein.>> <<Hast du überhaupt vor, beim Sport etwas über deine Beine zu ziehen, falls es draußen kalt wird?>>

<<Ja. Das wird ein Problem werden, weil ich nichts drüberziehen will, was wie eine Hose aussieht. Ich hätte eher daran gedacht, mit den Stiefeln zu laufen. Das würde weiblicher und mehr sexy wirken.>>

<<Aha. So ein Zufall. An dasselbe habe auch ich gedacht, da ich auch der Meinung bin, dass meine Anna mit Schistrümpfen nicht so weiblich aussehen würde. Gerade deswegen, weil sowas in der kalten Zeit auch viele Männer beim Laufen tragen.>>

<<Aber das würde schon etwas komisch aussehen, mit den Stiefeln in der Stadt zu laufen. Ich sehe auch kaum jemanden, der sowas tut. Aber naja, ich könnte es irgendwann ausprobieren.>> Jürgen meint, <<Siehst du Anna? Für Maria wäre das kein Problem. Man kann ruhig solche coolen Sachen ausprobieren, die sonst kaum jemand macht.>> Anna antwortet, <<Ach okay, meinetwegen. Ich hoffe nur, dass ich nicht wie ein totaler Freak dastehe, wenn ich so Sport mache.>>

<<Ach, Nein. In der früheren Zeit war es üblich, dass man mit Stiefeln Sport trieb. Sowas zieht man auch noch heutzutage bei der Polizei und Bunderwehr an. Es würde erotischer wirken, wenn man dies statt der Sportschuhe beim Sport trägt.>> <<Na gut. Ich bin damit einverstanden, Stiefel statt der Sportschuhe beim Laufen zu tragen.>> Maria meint, <<Ich auch.>> Jürgen sagt, <<Gut. Dann haben wir alle uns darauf geeinigt. Geeinigt, dass unsere Frauen beim Laufen Stiefel statt der Schistrümpfe als Kälteschutz verwenden müssen.>> Und

so ändern Paul, Maria, Jürgen und Anna ihren Erotikkodex für die kalte Jahreszeit um. Anschließend verabschieden sich Paul und Maria von ihren beiden Erotikclubmitgliedern.

7 Tage später fährt Paul mit seinem Fahrrad von der Uni hin zu Thomas Wohnung. Er hat Thomas und Maria was zu verkünden, <<Ich habe den Test bestanden.>> Maria meint, <<Das ist cool, dann hast du es diesmal geschafft , positiv zu werden.>> Thomas meint, <<Ich gratuliere dir Paul!>> Maria sagt, <<Ich habe gerade für diesen feierlichen Moment uns allen Rindsbraten mit Nudeln gekocht.>>

Nach dem Essen gehen Maria und Paul in ihr Schlafzimmer. Paul meint, <<Da ich den Test bestanden habe, musst du mir nun im Lackkleid Kunststücke vorführen.>> Maria fühlt sich etwas mulmig und meint, <<Zuerst beweist du mir, dass du den Test wirklich geschafft hast.>> Paul zeigt Maria per Handy den fotografierten Test, und sie sieht, dass Paul es mit einem kleinen Abstand geschafft hat. Maria lächelt und meint, <<Okay, warte kurz draußen, während ich mich umziehe.>> Paul wartet kurz draußen und wird von Maria wieder reingebeten. Maria trägt nun wieder das Lacklederkleid und die Lacklederstiefel. Maria sagt, <<Ich muss aber ins Wohnzimmer gehen, weil ich dort genug Platz für meine Kunststücke hätte.>> Beide gehen wieder ins Wohnzimmer. Thomas schaut etwas schockiert zu Maria. Es passt ihm nicht, dass sich seine Tochter Maria für seinen einst ungeliebten Schüler so erotisch herrichtet und er selbst wieder Single ist. Er fühlt sich daher provoziert. Aber andererseits erregt es ihn, sie so zu sehen. Maria führt Handüberschläge vorwärts und rückwärts vor. Direkt nach irgendeinem Rückwärts-handüberschlag macht sie einen Handstand. Einige Sekunden später macht sie derweil einen Spagat, und nach ebenso vielen Sekunden streckt sie während ihres Handstandes ihre Beine wieder in die Höhe. Danach steht sie wieder auf den Beinen. Maria macht mehrmals hintereinander Saltos und Rückwärtssaltos. Nach ihrem Auftritt sind die beiden Herren begeistert und applaudieren. Maria schaut fröhlich und kommt auf Paul zu. Sie zieht ihr Dekolleté etwas runter, um ihre Brüste zum Vorschein zu bringen und legt Pauls Arme auf ihre Brüste. Thomas greift auf Marias Arsch, und sie lächelt dabei. Paul fühlt sich dabei zu komisch, weil es für ihn so wirkt wie ein flotter Dreier mit seinem Ex-Sportlehrer. Daher versucht er seine Hände von Marias Brüsten wieder wegzureißen. Aber Maria lässt es nicht zu, und Paul wird nervös. Für Paul ist es komisch, dass er so problemlos ganz nah bei Thomas mit Maria intim sein kann.

9 Tage später ist Mittwoch und seit einigen Tagen November. Linda unterrichtet nun die 4D in Geschichte. Es ist ihre Unlieblingsklasse, weil es dort einige verhaltensauffällige Schüler gibt, die oft den Unterricht stören. Als Linda diese Klasse betret, sieht sie Müll in der Klasse rumliegen. Die Mülltonnen sind umgekippt

und es ist in der Klasse wie immer laut. Fritz prügelt sich gerade mit Sebastian und Linda schreit, <<Hört sofort auf! Seit ruhig!>> Die Schüler reagieren nicht so schnell. Deshalb knallt Linda ihr Klassenbuch auf den Tisch und erwidert ihre Schreie. Die Schüler nehmen schön langsam Platz und werden ruhiger. Sie weist die Schüler allerdings nicht daraufhin den Müll wegzuräumen, weil sie nicht so schnell darauf reagieren und es wie immer Zeit kostet. Linda ist dieses Chaos gewohnt. Aber sie ist dennoch wie immer etwas erschöpft, hat Mitleid mit den Putzfrauen und auch mit jenen Schülern, die im Unterricht etwas dazulernen wollen, weil man sich auch schwer tut etwas zu verstehen. Linda meint, <<So Kinder! Wir werden heute über den Holocaust reden. Hier geht es um die Auslöschung von Juden und auch von behinderten Menschen.>> Manche Schüler grinsen und schauen fröhlich. Linda trägt nun zu Beginn etwas über den Aufstieg des Hitler-Regimes vor und dann über die Vorgehensweise gegen Juden, die schrittweise immer schlimmer wird. Fritz fällt mit antisemitischen Äußerungen öfters negativ auf und Lehrerin Linda meint, <<Wenn ich noch einmal etwas von dir gegen Juden höre, dann schmeiße ich dich raus.>> Danach sagt ein anderer Schüler etwas Judenfeindliches und Linda meint, <<Jetzt reicht es! Der nächste, der irgendwas Antisemitisches sagt, wird aus der Klasse rausgeschmissen.>> Dieser erwidert, <<Ich habe eigentlich nichts gegen Juden. Es ist mir nur jetzt so rausgerutscht. Ich finde es nur schlimm, wie manche Banker sich bereichern auf Kosten von jenen

Leuten, die hart gearbeitet haben.>> Etwas später setzt dieser Schüler fort, <<Ich habe Verständnis für das Hitler-Regime, weil er hat sich sehr für die mittlere Schicht eingesetzt und auch die Familienbeihilfe für Eltern eingeführt. Die blöden Kommunisten hingegen wollen die tüchtigen Menschen aussagen und dessen Blut an Faulpelze verteilen.>> Linda wirft einen verzweifelten Blick auf den Schüler und denkt kurz nach. Sie meint, <<So, ich möchte jetzt keine weitere Meinung mehr von irgendwen hören, weil ich wollte mit euch den Schrecken des Hitler-Regimes weiterbesprechen.>> Fritz meint, <<Ja, es ist Ansichtssache, ob man sowas als Schrecken betrachtet. Ich finde es schade, nicht in der Zeit gelebt zu haben.>> Linda schaut böse zu Fritz und schreit, <<Raus!>> Fritz meint laut, <<Entschuldigung, aber man wird wohl noch.>> Linda schreit, <<Raus!>> Fritz setzt fort, <<Eine eigene Meinung haben dürfen. Wir leben hier nicht in einer Diktatur>> Linda zerrt Fritz aus der Klasse raus und sie wird von ein paar Schülern ausgebuht. Danach überlegt Linda kurz und schreit, <<Ihr braucht euch überhaupt nicht so aufzuführen. Das ist Wiederbetätigung und sowas ist strafbar!>> Ein paar Schüler rufen, <<Uuh!>> Nach dem Unterricht ist Linda genervt und schaut den ganzen Tag böse.

Zu Hause erzählt Linda Hans von ihrem Geschichteunterricht und Hans meint, <<Das ist ja die Höhe. Diese Schüler scheinen echte Rechtsradikale zu sein.>> <<Es ist unglaublich, wie sie darauf reagieren, wenn ich sie darauf hinweise, dass ihre Meinung illegal

und höchst unmoralisch ist. Aber mir wird es scheißegal sein, wenn sie später für solch ein Verhalten ins Gefängnis kommen. Wenn sie verdorben sind, dann müssen sie selbst miese Lebensbedingungen an ihrem eigenen Leib zu spüren bekommen.>> Linda setzt etwas später fort, <<Eigentlich habe ich auch einen Besuch im Konzentrationslager Mauthausen mit der 4D geplant. Aber mit so einer Klasse werde ich ganz sicher keine Exkursion unternehmen. Wenn sie sich da so aufführen würden, dann wäre die Hölle los. Vielleicht würde ich ihr Verhalten verantworten und nachher selbst wegen Widerbetätigung im Gefängnis landen. Mit so einer Klasse kann man wirklich gar nichts riskieren.>> <<Ich kann dir als Banker raten, dass mit so einer Klasse das Risiko immer zu hoch ist. Diese Kinder verdienen es auch gar nicht von dir zu lernen, wie man das Gefängnis und andere Probleme vermeidet, wenn sie dich als Dank dafür immer nur verspotten und schikanieren. Schau einfach, dass du diese Klasse überlebst.>>

Am frühen Nachmittag ist Jürgen mit seinen Mitarbeitern von der Werkstatt auf dem Übungsplatz für Motorräder, und Maria trainiert dort weiter für Motor Stunts im Zirkus. Maria hat sich bei den Motor Stunts bereits deutlich verbessert. Sie macht bereits einen Salto mit ihrer Maschine. Jeder, der sie auf dem Gelände sieht, ist von ihr begeistert. Paul ist aber derweil zu Hause bei seinen Eltern und lernt für die Uni, weil er nicht immer mit dabei sein will, wenn Maria trainiert. Manchmal will er auch lieber Videospiele spielen.

Pauls Affäre

Nachdem Jürgen mit seinem Fahrrad zum Übungsgelände gefahren ist, eilt Anna mit ihrem Fahrrad zur Wohnung von Pauls Eltern. Anna und Jürgen haben die letzten 5 Wochen nach ihrem eigenen Erotikkodex gelebt und Anna wollte endlich eine Domina sein. Da Jürgen sie stattdessen als Sub haben wollte und sie dies deswegen auch gewesen ist, hat Anna etwas mit Paul vor. Sie will aber nicht, dass es zu weit geht. Anna kommt bei der Wohnung von Pauls Eltern mit einem Dirndl an, bei dem auch ein Ausschnitt zu sehen ist. Sie trägt ihre neuen engen Lackledestiefel, ist geschminkt und ihr Parfüm riecht nach Erdbeere. Ihre Stiefel drücken mit ihren Klettverschlüssen ihre Beine fest zusammen. Linda ist auch geschminkt. Sie trägt aber eine Hose. Anna sagt draußen vor der Haustür zu Linda, <<Guten Tag, ich bin hier, um Paul zu besuchen. Darf ich eintreten?>> Linda antwortet, <<Warte mal hier. Du bist ja ziemlich mager geworden. Hast du etwa eine Diät gemacht?>> <<Hm. Kann schon sein. Aber nicht mit Absicht, weil ich wegen der Arbeit und dem Ballett oft nicht Zeit gehabt habe, was zu essen.>> <<Dann ist es schon mal gut, dass du hier bist. Ich koche auch gleich schon mal was zu essen. Ist ja schrecklich, wenn du dich wegen dem ganzen Stress so runterhungern musst.>>

Anna wird nervös und meint, <<Nein, du musst für mich nichts kochen. Ich habe vor, mit deinem Sohn bei mir zu essen.>> <<Ach, iss bei mir. Ich habe köstliche Spaghetti gekocht.>> Anna geht in die Wohnung hinein und ruft zu Paul, <<Paul! Könntest du mal bitte herkommen? Hier ist Anna.>> Paul kommt aus seinem Zimmer. Paul und Anna begrüßen sich gegenseitig. Anna fragt Paul, <<Hättest du vielleicht Lust, mich und Jürgen in unserer Wohnung zu besuchen?>> Paul antwortet, <<Geht in Ordnung. Aber ich möchte davor noch hier was essen.>> <<Eigentlich wollte ich dir was kochen. Möchtest du diesmal nicht lieber doch bei mir und Jürgen was essen?>> <<Was esst ihr denn?>> <<Das ist eine Überraschung.>> <<Ich nehme mal an, es ist etwas Kalorienarmes, weil du scheinst dünner geworden zu sein.>>

<<Kann schon sein. Ich bin in letzter Zeit kaum dazu gekommen, was zu essen, weil ich so viel zu tun hatte. Es ist aber schon etwas Deftiges, was auch gut schmeckt. So viel kann ich dir verraten.>> <<Na gut. Dann komme ich zu euch.>> Linda sagt zu Paul, <<Ich werde aber viel Essen zubereiten. Es wäre daher besser, wenn ihr bei uns esst.>> Paul antwortet, <<Wenn wir weg sind, dann kochst du einfach weniger. Eben die Menge, die für dich und Papa passend ist.>> Paul und Anna verabschieden sich von Pauls Eltern und fahren mit ihren Fahrrädern zur anderen Wohnung. Linda sagt zu Hans, <<Vielleicht wäre es doch besser gewesen, die beiden nicht gehen zu lassen. Sie könnten eine Affäre miteinander machen.>> Hans antwortet, <<So ein Quatsch. Nur weil Paul sich mit

der Schwester von Maria treffen will, muss das wirklich nicht heißen, dass sie eine Affäre miteinander planen.>> <<Das bereitet mir aber schon Sorgen, dass Anna so plötzlich allein bei uns auftaucht und mit Paul etwas in ihrer Wohnung machen will. Vielleicht ist Jürgen nicht bei ihr zu Hause.>> Hans denkt kurz darüber nach und meint, <<Ach, du übertreibst wieder einmal. Es ist eher unwahrscheinlich, dass sowas der Fall ist, und selbst wenn Paul mit der Anna heimlichen Sex hätte, dann dürfen wir es Paul nicht verbieten, weil er selbst entscheiden muss, was er aus seinem Leben macht, und es wäre auch nicht richtig, wenn wir uns irgendwo gegen ihn stellen würden.>>

<<Ich stelle mich eh nicht gegen unseren Sohn. Aber ich bin skeptisch, wenn Anna meint, dass sie oft nicht dazu gekommen ist, was zu essen, weil sie so viel zu tun hatte. Ich habe schon oft erlebt, dass essgestörte Mädchen ihre Magersucht verheimlichen.>> <<Ja. Das kann schon sein, dass Anna ihre Magersucht verheimlicht. Wahrscheinlich wird sie dann nur eine Kleinigkeit essen.>>

<<Wahrscheinlich hat sie abgenommen, um Paul zu gefallen. Unser Sohn steht auf Magersüchtige, und Jürgen hingegen hat sich deswegen von ihr getrennt.>> <<Echt lustig, was du für welche Sorgen hast. Aber vielleicht hast du recht.>> <<Wir sollten vielleicht hinterherfahren und schauen, was da los ist.>>

<<Lieber nicht. Wir sollten die beiden nicht ausspionieren, weil das belästigend wäre, und vor allem

will ich nicht, dass du die beiden bei Maria und Jürgen verpetzt, falls sie tatsächlich eine Sexaffäre miteinander hätten. Es würde dann wegen dir viel Unruhe rauskommen, und unser Sohn wird wegen dir vielleicht vermöbelt. Würdest du sowas wollen?>> <<Nein. Ich habe eh nicht vor, die beiden zu verpetzen. Auch wenn es wirklich unschön ist, jemanden mit wem anders zu betrügen.>>

Anna lässt ihre Lacklederstiefel in ihrer Wohnung an und kocht dort für Paul Würstchen, während er fernsieht. Jürgen scheint momentan nicht zu Hause zu sein.

Während die Würstchen gekocht werden, zieht Anna ihr Dirndl aus und zieht stattdessen ihr ledernes schwarzes Glanzkleid an, dass sie mit dem Korsett fest zuknotet. Anschließend serviert Anna dem Paul die Würstchen. Paul macht große Augen und sagt, <<Du siehst wahnsinnig sexy aus. Die Maria trägt auch so ein Kleid und solche Stiefel. Nur eben einen Gürtel statt einem Korsett. Du hast doch nicht etwa vor, mich zu verführen, oder?>> Anna antwortet nach ein paar Sekunden, <<Nein, Ich wollte dir nur meinen Kampfanzug zeigen, den mir Jürgen als Belohnung geschenkt hat, weil ich beim Ballett so viel Härte und Geschick gezeigt habe und auch noch 11 Kilo abgenommen habe. Inzwischen habe ich aber wieder ein Kilo drauf, obwohl ich immer noch wenig esse. Deswegen drücke ich auch ordentlich meinen Bauch und meine Beine zusammen, um die Nährstoffzufuhr zu blockieren.>> Paul wird ganz geil bei Annas Kommentar und schaut sich die Würstchen an, die Anna für ihn gekocht hat. Paul ist für einige Sekunden starr und etwas besorgt, sich von Anna verführen zu lassen. Anna tupft eine Wurst in den Ketchup, hält sie vor Pauls Gesicht und sagt, <<Mach mal den Mund auf.>> Paul macht den Mund auf und beißt ein Stück ab. Für Paul ist das Ganze ziemlich komisch. Paul fragt Anna, <<Wo bleibt denn eigentlich Jürgen?>> <<Er ist noch für zwei Stunden bei seinen Freunden, und sie toben mit ihren Motorrädern auf dem einen Gelände herum.>> <<Maria ist auch dort. Sie will denen wieder mal zeigen, was sie schon bei den Motor Stunts draufhat.>> Während Paul von Anna gefüttert wird, hebt er ihr die Unterseite von Annas Kleid nach oben und sieht ihren Tanga. Er fühlt ihren drahtigen Oberschenkel und bekommt einen Samenerguss.

Anna sagt, <<Das sind Beine einer zierlichen Balletttänzerin. Ich übe mit meinem Mann fleißig für die Ballettaufführung. Da ist es dann wichtig, schnelle Bewegungen und hohe Sprünge zu beherrschen.>> Paul isst derweil selbst die Würstchen weiter, und Anna holt ihm einen Saft. Später bekommt Paul noch einen Saft, dann hat er alles gegessen und getrunken. Anna sagt zu Paul, <<Ich möchte dir mal was zeigen.>> Anna zieht ihre Unterhose runter und hebt die Unterseite ihres Kleids nach oben. Paul sieht einen wunden, knackigen Arsch. Paul meint, <<Das sieht arg aus. Was war da los?>> Anna erklärt, <<Ich wurde vom Jürgen mit Gürtelschlägen bestraft, weil ich während meiner Diät manchmal undiszipliniert war.>>

Paul denkt, *Das kann doch nicht sein, dass man so streng zu jemanden sein muss.* und antwortet, <<Ach, Das muss echt nicht sein, dass er dich so hart bestraft. Das ist doch super, wenn du 11 Kilo abgenommen hast. Irgendwie ist das Ganze echt krass.>> <<Okay. Danke. Ich fühle mich geschmeichelt.>> <<Ich zeige dir mal, wie mein Arsch aussieht.>> Paul zieht seine Hose, Unterhose runter und zeigt Anna seinen heilen Arsch. Anna meint, <<Da kann man nichts erkennen.>>

<<Ach echt? Mir hat Maria manchmal den Hintern verhaut, wenn ich bei den Vorbereitungen für die Uni-Tests zu wenig gewusst habe. Sie hat mich brutal dazu gezwungen, viel mühsamen Stoff für den Master in Informatik zu lernen, obwohl sie selbst nicht einmal den Bachelor gemacht hat.>> <<Und wie soll sie dich dann unterrichten, wenn sie selbst nie studiert hat?>> <<Sie schaut sich einfach einen Zettel an, auf dem die Antworten neben den Fragen stehen. Meine Mitstudenten haben ihr dazu einiges erklärt, bevor sie mich manchmal prüft.>> <<Aber dein Arsch sieht nicht schlimm aus. Anscheinend darf dich meine Schwester nicht so fest schlagen, weil du so wehleidig bist.>> <<Wahrscheinlich ist mein Hintern manchmal gerötet und jetzt eben wieder verheilt.>> <<Ich bekam vor 6 Tagen den Hintern ausgepeitscht. Damals sah er noch schlimmer aus. Hättest du Lust, in unser Schlafzimmer zu kommen? Wir machen dort SM-Praktiken. Ich meine, Ich und Jürgen>> <<Okay.>> Paul folgt Anna in ihr Schlafzimmer. Anna sagt zu Paul, <<Leg dich mal bitte in

unser Bett.>> <<Na gut.>> Paul legt sich ins Bett. <<Und jetzt zieh alles von deinem Oberkörper aus.>> Paul wird es unheimlich, Anna im Lacklederkleid, in Lacklederstiefel zu sehen und dann auch noch solche Anweisungen zu bekommen. Er antwortet, <<Lieber nicht.>> <<Jetzt entspann dich. Du sollst nur fühlen, wie es so ist, mit nacktem Oberkörper in unserem Bett zu liegen.>> <<Das wird sich auch nicht anders anfühlen als zu Hause.>> <<Zieh deine Oberkleidung bitte trotzdem aus.>> Paul folgt Annas Anweisung, und Anna holt die Handschellen aus dem Schrank raus. Paul wird nervös und hat Angst, dass Anna mit ihm was Perverses vorhat. Paul greift nach seinem Unterleibchen und T-Shirt und versucht, schnell abzuhauen. Aber Anna ergreift ihn schnell. Sie hält mit ihrer linken Hand seinen linken Arm fest, und mit ihrer rechten Hand klickt sie dort eine Handschelle zu. Paul schreit, <<Hör auf! Das geht nicht! Was hast du denn mit mir vor?>> Paul hält seine rechte Hand an der Handschellenkette. Da es Anna nicht gelingt, seinen rechten Arm wegzureißen, krallt sie mit ihren Fingernägeln in seine beiden Handgelenke rein. Paul lässt los, weil es zu schmerzhaft wird. Paul ist in dem Moment nicht mehr in der Lage, sich gegen Anna zu wehren. Er stellt fest, dass er schwächer ist als die abmagerte Anna. Ihr ist es letztendlich gelungen, ihn ans Bett zu fesseln. Anna richtet die Unterseite ihres Kleids nach oben und klammert sich mit ihren tangaumhüllten Beinen um Pauls Oberschenkel. Paul warnt Anna verängstigt, <<Okay Anna! Wenn du das jetzt mit mir machst, dann wirst du

mächtig Ärger kriegen.>> <<Keine Angst, ich habe mit dir nicht das vor, was du denkst.>> <<Na gut. Ich denke, es wäre trotzdem besser, wenn du mich wieder freilässt.>> <<Das mache ich dann bald. Aber jetzt solltest du dich erstmal wieder entspannen.>> Paul gefällt diese Situation nicht so sehr. Aber nach einer Minute gehen sein Puls und sein Stressgefühl wieder etwas runter. Auch wenn er immer noch etwas nervös ist und an beiden Handgelenken blutet. Andererseits ist es für ihn auch schön zu sehen, dass Models an ihm nun so viel Interesse zeigen. Bevor Paul zu Herbstbeginn Maria kennengelernt hat, ist er daran gescheitert, an ein Model ranzukommen. Trotzdem will er nun seiner Maria treu bleiben und auch auf eine Affäre mit einem anderen Model verzichten. Anna holt vom Schrank ihre Lacklederhandschuhe. Paul findet diese Situation nicht so toll, wo er gefesselt in Annas Bett liegt und zu sexuellen Praktiken gezwungen wird. Anna setzt sich neben Paul hin und sagt, <<Ich werde jetzt deinen Bauch streicheln, damit sich dein Bauch nach dieser schweren Verdauung wieder entspannt.>> Anna streichelt mit beiden Händen Pauls Bauch für eine Minute. Paul meint, <<Das war schön. Kann ich jetzt bitte wieder gehen?>> <<Ja. Aber zuerst verabschiede ich mich von deinem gefesselten Zustand mit einem Kuss.>> Anna küsst Paul auf die Wange. Anna sagt, <<Jetzt muss ich dir noch was anderes zeigen, was ich von Jürgen gelernt habe.>> Anna holt die zweiten Handschellen und Paul spreizt seine Beine auseinander. Anna fragt mit strenger Stimme, <<Willst du es auf die

sanfte oder harte Tour?>> Ein paar Sekunden später sagt sie, <<Wenn du nicht gefoltert werden willst, dann musst du deine Beine wieder zusammentun, bevor ich das für dich erledige.>> Paul stellt seine Beine wieder zusammen, damit Anna sie in Ruhe fesseln kann, ohne dass sie dabei ans Bett gebunden sind. Anna meint, <<Du wirst mir nicht widersprechen und auch sofort meine Befehle befolgen. Ist das klar?>> <<Ja.>> <<Echt schade, dass du in Sklavenerziehung so wenig gelernt hast. Du hast wirklich Nachholbedarf nötig.>> Anna entfesselt Pauls Hände von ihrem Bett und fesselt sie erneut, ohne dass sie ans Bett gebunden sind. Als nächstes holt Anna den Gürtel, von dem sie brutal ausgepeitscht wurde. Paul befolgt die Anweisung, das Bett zu verlassen. Anna hält vor Paul mit bösem Blick den Gürtel und diktiert ihn mit Strenge. Er kniet sich vor ihr nieder und leckt ihre Stiefel. Anschließend wird er entfesselt. Anna ist froh, Paul dominiert zu haben. Paul hatte dabei doch Spaß gehabt.

Plötzlich läutet es an der Tür. Der Schlüssel steckt in der Innenseite der Haustürschlosses, damit Jürgen die Tür nicht aufsperren kann und Anna mehr Zeit bleibt, die Affäre mit Paul zu verheimlichen. Jürgen würde es aber nicht gefallen. Anna würde bestimmt eine Strafe bekommen, wenn sie Jürgen auch noch zu lange warten lassen würde. Paul und Anna bekommen Angst. Anna sagt, <<Oh nein! Jürgen ist da.>> Paul antwortet, <<Na toll, jetzt bekommen wir wegen dir Ärger.>> Anna überlegt kurz, was zu tun ist und meint, <<Versteck dich unter dem Bett. Ich werde mich inzwischen umziehen.>>

Paul zieht seine Oberkleidung an und versteckt sich unter dem Bett, Anna zieht ihre Handschuhe aus und plagt sich damit ab, ihr Korsett aufzuknoten. Eigentlich wollte sie schon fast mit ihrem Lacklederkleid zur Haustür rennen. Aber das Korsett lässt sich doch noch aufknoten. Anna zieht schnell das Glanzkleid aus und stattdessen das Dirndl an. Es läutet erneut. Paul meint, <<Vielleicht wäre es doch besser, wenn ich einfach nur runtergehe und sage, dass ich zu Besuch hier bin.>> Anna überlegt kurz und meint, <<Okay. Aber lege schnell wieder die Handschellen in die Schublade rein.>> Anna läuft zur Haustür, Paul legt die Handschellen wieder in die Schublade rein und geht zur Haustür. Anna schnallt ihre Stiefel auf. Paul kommt auf die Tür zu, Anna drängt Paul weg von der Tür und flüstert ihm anschließend zu, <<Jürgen darf nicht sehen, dass ich diese Stiefel anhabe. Hilf mir bitte schnell beim Aufschnallen.>> Es läutet zum dritten Mal. Aber diesmal mit langem Ton. Paul hilft Anna beim Aufschnallen der Stiefel. Anschließend zieht Anna ihre Stiefel aus und ihre Pantoffel an. Sie öffnet die Tür.

Anna stellt erleichtert fest, dass Pauls Eltern vor der Tür stehen. Linda meint, <<Hallo! Wir wollten euch mal besuchen. Dürfen wir reinkommen?>> Anna antwortet, <<Eigentlich wollte ich mit Paul allein sein.>> Linda stürmt rein und meint, <<Ich will nur schauen, wie es meinen Pauli geht.>> Paul antwortet verärgert, <<Mama! Was soll das? Ich wollte mit Anna allein sein.>> Ein paar Sekunden später setzt er fort, <<Und mit Jürgen.>> Linda macht weitere Schritte in die Wohnung hinein, um nach

Jürgen zu sehen. Paul ruft, <<Mama, wir wollten allein sein. Was machst du jetzt?>> Paul fragt Hans, <<Wolltest du etwa, dass Mama jetzt in der Wohnung von Anna und Jürgen herumspioniert?>> Linda antwortet, <<Ich schaue nach Jürgen, weil ich ihn mal wieder treffen wollte.>> Anna antwortet, <<Er ist nicht hier. Er konnte noch nicht kommen, weil er bei seinen Freunden auf dem Übungsgelände der Motorräder ist.>> Linda durchsucht die Wohnung weiter, und Anna folgt ihr. Anna meint, <<Was soll das jetzt? Ich will nicht, dass du in meinem Haus herumschnüffelst.>> Hans meint zu Paul, <<Ich wollte das nicht, dass Mama diese Wohnung durchsucht.>> Paul ruft zu Linda, <<Mama, du bist echt peinlich.>>

Linda betritt das Schlafzimmer von Jürgen und Anna. Sie sieht auf dem Bett das Lacklederkleid mit Korsett, die Lacklederhandschuhe und ist geschockt. Linda fragt Anna, <<Wieso liegt das da in deinem Bett?>> Anna denkt verärgert, *Pauls Mom ist sowas von nervig. Aber wenigstens ist Jürgen nicht da. Aber Linda muss verschwinden, bevor auch noch Jürgen aufkreuzt.* Nach kurzem Überlegen antwortet Anna, <<Ich wollte Paul mein Outfit zeigen.>> <<Aha. Okay.>> <<So. Kannst du jetzt bitte gehen?>> <<Jetzt weiß ich, warum ich hier so unerwünscht bin. Aber keine Sorge, ich werde Jürgen und Maria nichts weitererzählen.>> <<Von was redest du überhaupt?>> <<Naja, du weißt schon.>> Anna stöhnt und antwortet etwas später, <<So. Jetzt reichts. Du verschwindest jetzt sofort aus meiner Wohnung.>> <<Ist schon gut. Ich wollte

dich nicht ärgern. Ich wollte nur wissen, ob du mir was erzählen willst.>> <<Auf Wiedersehen.>> Paul und Hans stehen bereits neben dem Schlafzimmer. Hans meint zu Linda, <<Das hast du toll gemacht. Jetzt hast du Anna verärgert.>> Paul sagt zu Anna, <<Tut mir leid.>> Pauls Familie verabschiedet sich von Anna und verlässt die Wohnung, die ihr und ihrem Mann gehört. Paul steckt sein Fahrrad in den VW seiner Mutter. Dann fahren Linda, Hans und Paul nach Hause.

Anna legt das Glanzkleid wieder in den Kleiderschrank rein, sie zieht das Dirndlkorsett über ihr Dirndl, das sie trägt, presst es eng zu und zieht die lackierten Handschuhe wieder an. Anna denkt, *Ich muss jetzt schnell das Geschirr abwaschen, damit Jürgen nicht glaubt, dass ich mit dem Essen gesündigt habe. Wenn ich ihm erzähle, dass ich Paul was zum Essen gegeben habe, dann würde das auch nicht gut ankommen.* Dann wäscht sie auch das Geschirr ab. Danach denkt Anna, *Ich darf jetzt ja nichts essen, sonst esse ich aus Stress viel. Diese Scheiß-Linda macht mich fertig. Ich muss mich unbedingt mit Beschäftigung ablenken und wieder beruhigen. Ich darf nichts essen.*

Linda ist nun mit ihrem VW bei sich zu Hause angekommen. Paul und Hans steigen aus ihrem Auto aus. Linda ruft aus ihrem Auto zu Paul, <<Paul! Steige mal bitte vorne bei mir ein. Ich hätte mit dir noch was zu besprechen.>> Paul steigt widerwillig vorne ein. Linda fragt Paul, <<Was hast du denn eigentlich bei der Anna getrieben?>> <<Ich habe bei ihr Würstchen gegessen und ferngesehen. Sonst nichts.>> <<Und warum lag dann

Reizwäsche auf ihrem Bett?>> Paul denkt kurz nach und antwortet, <<Sie wollte mir ihr Outfit zeigen.>> <<Paul, du kannst mir ruhig die Wahrheit sagen. Das bleibt alles unter uns. Es ist wirklich nicht nett, seine Mutter zu belügen, denn Mütter sind Vertrauenspersonen. Damit etwas nicht noch schlimmer wird, ist es besser, alle komischen Dinge, die passieren, ihnen zu erzählen.>> <<Eigentlich kann man auch seinen Müttern nicht immer vertrauen. Ich habe deshalb nichts weiter zu erzählen.>> Paul steigt aus dem Auto aus. Linda ruft zu Paul, <<Moment mal, Ich habe da noch andere Fragen.>> Paul ist genervt und hofft, dass die Fragen nicht zu unangenehm sind. Linda fragt Paul, <<Hast du die Würstchen ohne Anna gegessen?>> Paul denkt kurz nach, *Mama hat Anna auch schon bezüglich ihrer Essstörung verhört. Sie soll geheim bleiben, damit Mama ihr nicht im Weg steht.* und antwortet, <<Sie hat mitgegessen.>> <<Ich habe aber über Essstörung schon einiges Schlimmes gehört. Magere Menschen sind oft krank und haben Vitaminmangel. Sie wollen immer dünner werden, bis sie irgendwann sterben. Außerdem verheimlichen solche Menschen oft ihre Magersucht. Es wäre daher wirklich besser, wenn du es mir erzählst.>> <<Ich weiß nicht, ob sie eine Essstörung hat, da sie mit mir Würste gegessen hat. Außerdem solltest du damit aufhören, dich wo anders einzumischen, weil du mit so einem Verhalten nur Unruhe stiftest und jedem auf die Nerven gehst.>> <<Man wird wohl noch besorgt sein dürfen. Es könnte wirklich was Schlimmes los sein.>> <<Du mir bitte den Gefallen, dass du dich aus

meinem und Annas Leben raushältst. Wir sind alle erwachsen und selbst für unser Leben verantwortlich.>> <<Anscheinend unterstützt du Annas Essstörung, weil dich sowas Perverses aufgeilt.>> Paul schreit, <<Nein, das muss nicht sein. Nur weil ich dagegen bin, dass man sich ins Leben anderer Menschen einmischt, bin ich kein Perverser, der sich an ausgehungerten Mädchen aufgeilt. Ich finde das selbst auch nicht schön, dass Anna sich runterhungert. Ähm. Wenn das überhaupt der Fall wäre.>> Etwas später setzt Paul fort, <<Es ist wirklich eine Frechheit, mich als Perversen zu beschimpfen, nur weil ich nicht so ein Kontrollfreak bin wie du. Du bist selbst pervers.>> Linda gibt Paul eine Ohrfeige. Hans mischt sich ein, <<Beruhigt euch jetzt wieder. Die Nachbarn schauen schon alle. Ich muss Paul recht geben. Jeder ist für sich selbst verantwortlich. Wenn jemand irgendwie seiner Gesundheit schadet und stur bleibt, dann sollte man ihn irgendwann auch in Ruhe lassen.>> Linda sagt mit schlechtem Gewissen zu Paul, <<Oh, Entschuldigung. Das wollte ich nicht.>> Paul ist überrascht. Es bereitet ihm aber auch etwas Freude, dass nun auch seine Mutter ihm gegenüber so grob geworden ist, wegen ihrer Emotionen, da sie sonst zu rücksichtsvoll zu Paul ist. Paul fühlt sich von seiner Mutter cooler behandelt. Linda hat sich auch schon etwas daran gewöhnt, dass man zu Paul härter geworden ist.

Jürgen entdeckt bei sich zu Hause im Kühlschrank, dass ein paar Würste fehlen. Eine Stunde nach Jürgens Ankunft sagt Anna immer noch nicht, was los ist und deswegen fragt Jürgen Anna, <<Hast du heute gesündigt?>> Äußerlich wirkt Anna unschuldig. Aber innerlich ist ihr Puls deutlich erhöht. Sie antwortet, <<Nein.>> <<Im Kühlschrank fehlt aber etwas.>> Anna antwortet nervös, <<Ja. Paul war hier, und ich habe ihm Würste gekocht. Aber ich habe nichts davon gegessen.>> <<Aha und was war da noch los.>> <<Wir haben etwas geredet und Paul hat auch ferngesehen.>> <<Worüber habt ihr geredet?>> <<Über meine Diät.>> <<Anna! Ich will nicht, dass du unangekündigt Männer in unsere Wohnung reinlässt, während ich weg bin.>> <<Naja. Ich dachte beim Paul wäre das nicht so schlimm. Er gehört inzwischen eh schon zu unserer Familie.>> <<Trotzdem. Was hast du denn überhaupt von deiner Diät erzählt?>> <<Eigentlich eh alles. Dass du mich zB. mit Peitschenhieben bestrafst, wenn ich undiszipliniert bin und dass ich 10 Kilo abgenommen habe.>> <<Was? Bist du verrückt? Du kannst doch nicht solche Sachen jedem weiter erzählen.>> <<Aber unter uns SM-Fans können wir ruhig von unseren Sexpraktiken erzählen.>>

<<Das entscheide immer noch ich. Ich finde es wirklich schlampig und unüberlegt von dir, dass du über deinen Kopf hinaus über solche verrückten Dinge entscheidest.>> Jürgen drückt seine beiden Hände auf seinen Kopf und denkt nach, *Echt blöd, was Anna über mich herumerzählt. Was werde ich denn für einen Eindruck bei den anderen vermitteln. Man wird mich für einen Psychopathen halten. Na gut, es ist eher unwahrscheinlich, dass Paul und Anna etwas Sexuelles miteinander gemacht haben. Aber ich*

muss wirklich schauen, dass ich meine Sklavin an einer kurzen Leine halte.

Jürgen meint, <<Wenn sich das herumspricht, dass ich dich mit Gewalt dazu dränge, mager zu sein, dann bin ich wirklich erledigt. Du wolltest es schließlich so. Ich hingegen war eher dagegen. Ich muss jetzt los. Du bleibst derweil da.>> Anna schämt sich und geht davon aus, dass Jürgen bei Paul auftauchen wird und hofft darauf, dass Paul nicht die Affäre verrät.

Anna ruft Paul an. Paul hebt ab. Anna sagt, <<Hallo Paul! Bist du gerade allein.>> <<Ja. Ich bin gerade allein in meinem Schlafzimmer und lerne. Ich hoffe es ist alles okay.>> <<Naja. Jürgen wird wahrscheinlich bei dir zu Hause auftauchen und dich auch verhören.>> <<Oh. Das hört sich nicht gut an.>>

<<Jürgen hat im Kühlschrank entdeckt, dass ein paar Würste fehlen, und dieser Mr. Kontrollfreak möchte jetzt dann dich verhören, um herauszufinden, ob wir eine Affäre miteinander gehabt haben.>> <<Und das nur, weil ich bei dir auf Besuch war. Was muss ich denn beim Verhör sagen, damit wir nicht so leicht auffliegen?>> <<Am besten einfach nichts darüber, dass ich dich gefesselt habe. Ich habe dir Essen gerichtet, und du hast bei mir ferngesehen.>> <<Okay. Muss ich sonst noch auf was achten? Du kannst ihm alles erzählen. Nur nicht das, was im Schlafzimmer los war.>> <<Und wenn er mich nach dem Schlafzimmer fragt?>>

Anna denkt nach und antwortet, <<Über das Schlafzimmer habe ich nichts erzählt. Sag ihm, dass du nicht im Schlafzimmer warst, falls er dich danach fragt. Aber sonst erzählst du ihm die Wahrheit.>> <<Okay. Noch was Wichtiges, oder sollen wir jetzt Schluss machen?>> Anna überlegt und meint, <<Nein, wir sollten jetzt Schluss machen. Viel Glück.>> <<Okay. Dir ebenfalls.>> Beide beenden das Gespräch. Paul ist nervös. Er geht schnell aus der Schlafzimmertür raus und stellt erleichtert fest, dass Maria im Wohnzimmer ein Buch liest und hoffentlich nicht irgendwann vor der Schlafzimmertür das Gespräch mitverfolgt hat.

Einige Minuten später bekommt Paul von Jürgen einen Anruf. Paul sagt, <<Hallo Jürgen! Was gibt es?>> <<Hallo Paul! Könntest du mal allein zu mir runterkommen? Ich stehe vor deinem Haus.>> <<Worum geht es?>> <<Um etwas Wichtiges, was wir allein besprechen sollten.>> Paul denkt für ein paar Sekunden nervös nach, *Oh Gott, Ich hoffe, ich bin nicht fällig. Aber wenn ich nicht kommen will, dann wäre das auffällig.* Paul antwortet, <<Okay. Ich komme.>>

Paul legt auf und geht zum Vorzimmer. Linda fragt ihn, <<Wohin gehst du?>> <<Ich gehe raus etwas Luft schnappen.>> Paul verlässt die Wohnung. Linda sagt zu Hans und Maria, <<Das ist ja komisch. Sonst geht Paul nie so plötzlich abends raus.>> Etwas später sagt Linda, <<Oje.>> Sie unterdrückt noch rechtzeitig zu sagen, *Vielleicht geht er zur Anna. Das darf doch nicht wahr sein.* Hans fragt, <<Was ist?>> Linda antwortet, <<Paul treibt sich allein auf den Straßen herum.>> <<Er wird schon zurecht kommen.>> <<Ich gehe nur mal kurz schauen, was er treibt.>> Linda verlässt die Wohnung und schleicht sich runter. Jürgen stellt Paul ungefähr dieselben Fragen wie die, die er Anna gestellt hat. Paul schlägt sich gut. Er antwortet gleich wie Anna. Er war durch das Verhör von seiner Mutter vorbereitet und das Telefongespräch mit Anna hat auch geholfen. Linda versteckt sich in der Nähe von Paul, Jürgen und hört mit. Als nächstes fragt Jürgen Paul, <<Hat dir Anna auch etwas über unsere Sexpraktiken erzählt?>> Paul wird nervös und denkt nach, *Das könnte jetzt eng werden. Aber Anna hat gemeint, dass ich abgesehen von der Affäre alles erzählen soll.* Er antwortet, <<Ja.>> <<Was hat sie dir darüber erzählt?>> <<Dass sie ihr Korsett eng zupresst, um nicht so viel essen zu können. Anna möchte nach ihrer Diät ihr Gewicht halten.>> <<Was soll denn daran eine sexuelle Praktik sein?>> <<Es wirkt erotisch, wenn ein Korsett Druck verursacht, um Schlankheit zu erzwingen.>> <<Über welche Praktiken habt ihr noch gesprochen?>> <<Sonst über keine.>> Jürgen denkt kurz nach, *Anna hat doch gesagt, dass sie es ihm erzählt hat. Sie wird mich doch hoffentlich nicht anlügen. Na gut, dann muss ich es ihm sagen, um was klar zu stellen.* Jürgen meint, <<Wenn Anna verrückte Dinge über mich erzählt, dann darfst du sie nicht weitererzählen. Das muss geheim bleiben, damit ich bei anderen Menschen nicht wie ein Psycho dastehe.>>

<<Geht klar. Mir hat sie erzählt, dass du ihr mit dem Gürtel auf den Po schlägst, wenn sie bei ihrer Diät undiszipliniert ist. Ich habe ihr gesagt, dass ich von der Maria mit Po-Schlägen bestraft werde, wenn ich zu wenig für die Uni lerne.>>

<<Okay, das sind Dinge, die man nicht weitersagen sollte, da SM etwas ist, was manche Menschen als pervers betrachten. Bei mir ist es sehr schmutziger SM. Ich muss zunächst klarstellen, dass Anna es so wollte. Ich hingegen finde das nicht so toll, wenn ich sie zu etwas antreiben soll, was ungesund ist.>> <<Ja. Das bleibt natürlich geheim.>> <<Gut, dann wäre das wohl geklärt.>> Die beiden Burschen verabschieden sich. Paul geht wieder hinein in die Wohnung. Linda wurde von ihm nicht entdeckt, nachdem sie das Gespräch abgehört hat. Linda ist darüber schockiert, als sie erfahren hat, dass Jürgen Anna mit brutalem SM in die Abmagerung treibt. Hans fragt Paul, <<Möchtest du nicht auch diesen Film mit uns schauen?>> Paul antwortet, <<Ich habe so viel zu lernen. Ich schaue mir daher jetzt nur die Filme an, die mir wirklich am besten gefallen.>> <<Aso, das ist gut. Es ist schön, dass du dich doch wieder darum bemühst, den Master zu machen.>> Linda geht etwas später in die Wohnung rein, um nicht den Eindruck zu vermitteln, Paul wieder einmal nachspioniert zu haben. Paul ist trotzdem nicht erfreut darüber, dass Linda draußen war, weil er befürchtet, wieder von seiner Mutter verfolgt worden zu sein. Leider ist der Zeitpunkt aber nicht der richtige, in Marias Gegenwart danach zu fragen, ob Linda das

Gespräch mit Jürgen überwacht hat. Als ob die Gesamtsituation nicht schon stressig genug wäre. Anna und Paul sind froh, ihren Tag hinter sich gebracht zu haben und hoffen darauf, dass es wieder ruhiger wird. Linda schläft auch nicht ruhig. Sie träumt vom Lacklederkleid mit Korsett, einem durchgeknallten Jürgen, der die gefesselte Anna mit einer Peitsche niederschlägt und beschimpft. Linda erwacht aus ihrem Alptraum und macht sich um Anna Sorgen. Sie ist sich unsicher, ob Anna freiwillig Jürgens Sexsklavin ist. Linda könnte Jürgen alles zutrauen, und Anna weiß vielleicht auch nicht, auf welche Dinge sie sich einlässt. Deshalb zweifelt Linda auch an der geistigen Gesundheit der beiden.

Am nächsten Tag ist Montag. Auf der Universität erkennt Paul an seinen beiden Handgelenken Annas Kratzspuren und denkt, *Oh Gott, Maria wird das irgendwann erkennen und mich fragen, woher ich diese Kratzer habe. Nach einem Schnitt von einer Rasierklinge sieht das nicht aus. Das sind eindeutig Kratzspuren, und meine Fingernägel sind zu kurz für solche Kratzer. Ich bin wohl auch zu schwach. Iris wird nicht behaupten, dass sie mich gekratzt hat. Sie würde mich lieber auffliegen lassen, um meine Beziehung mit Maria zu zerstören. Mama könnte sagen, dass sie mich gekratzt hat, um zu zeigen, dass sie mich als richtigen Mann sieht, zu dem man auch grob sein kann. Ich muss ihr dann auch sagen, dass ich mich von Anna kratzen ließ, um zu zeigen, was ich für ein harter Typ bin. Hoffentlich macht sie kein so großes Drama daraus und lügt für mich. Zumindest das Lügen sollte für Mama kein Problem sein.* Etwas später denkt er, *Ach, ich werde Maria einfach ehrlich mitteilen, dass Anna mich gekratzt hat. Das wird schon nicht so schlimm werden.* In der Unterrichtspause ruft Paul Anna an. Paul sagt, <<Hallo Anna! Es gäbe da noch das Problem mit den Kratzspuren an meinen Handgelenken. Wüsstest du schon eine gute Ausrede?>> Anna antwortet, <<Sag doch einfach, dass dich irgendjemand anders gekratzt hat, weil er auf dich sauer war.>> <<Ich hätte da eine andere Idee.>> Paul und Anna einigen sich auf eine Ausrede, falls sie wieder einmal verhört werden sollten.

Nachdem Paul wieder von der Uni zurück ist, zeigt er Maria seine Kratzer. Maria fragt, <<Wer hat dich gekratzt?>>

Paul antwortet, <<Es war Anna. Sie hat mich zu sich nach Hause auf ein Essen eingeladen. Ich habe gemeint, dass Anna schwach geworden ist, weil sie so dünn geworden ist. Sie hat sich dann provoziert gefühlt und wollte mit ihren Krallen zeigen, was sie trotz ihrer Diät noch für Kräfte hat.>> <<Aber Anna ist doch eh so dünn. Wieso macht sie eine Diät?>> <<Keine Ahnung. Du kannst sie doch fragen. Aber erzähle bitte nicht Thomas, dass sie abgenommen hat.>> <<Ist okay.>> Maria fährt mit ihrem Fahrrad zu Anna, und Paul ist momentan in seinem Zimmer. Genau der richtige Zeitpunkt, wo Linda mit Hans über ein neues Thema reden kann.

Linda flüstert zu Hans, <<Ich habe gestern Abend gesehen, wie Paul vor unserem Haus mit Jürgen gesprochen hat, und das, was ich da gehört habe, ist entsetzlich. Anna hat tatsächlich eine Diät gemacht, und

sie wurde von Jürgen mit Gürtelschlägen auf den Po bestraft, wenn sie bei ihrer Diät undiszipliniert war.>> Hans antwortet, <<Das ist heftig. Was du alles hörst, wenn du überall nachspionierst.>> <<Und dann schnürt sie auch noch ihr Korsett eng zu, um nichts essen zu können.>> Linda setzt fort mit energischer Stimme, <<Das ist doch alles krank!>> Paul erkennt, dass Linda wieder einmal über etwas rummeckert, während er Informatik lernt. Er vermutet besorgt, dass Linda ihn wieder einmal überwacht hat, während er mit Jürgen gesprochen hat. Paul schleicht sich aus seinem Zimmer und lauscht dem Gespräch seiner Eltern.

Linda setzt im Flüsterton fort, <<Es ist auch nicht schön, dass Paul von der Maria mit Schlägen dazu angetrieben wird, mehr für die Uni zu lernen. Er sollte doch von sich aus entscheiden, ob er sich Mühe gibt, den Master zu machen und nicht mit Sado-Maso zu etwas genötigt werden.>> <<Er hat sich doch selbst darauf eingelassen. Es ist doch schön, dass er wegen Marias Idee nun höhere Ziele setzen will.>>

<<Aber das, was diese SM-Leute praktizieren, ist total verrückt. Paul und Maria könnten vielleicht auch sowas Unmoralisches machen wie Jürgen und Anna.>> <<Vorerst wäre es besser, wenn du dich da nicht einmischst. Unser Sohn wird sicher nicht magersüchtig wegen des SM.>> <<Aber er könnte sich auch auf etwas Verrücktes einlassen. Etwas, was noch schlimmer sein könnte als gewaltvolle Nachhilfestunden.>> <<Wenn es

ihm so gefällt, dann passt alles.>> <<Aber das zwischen Jürgen und Anna ist sicher nicht in Ordnung.>> <<Das, was Jürgen mit Anna macht, ist nicht schön. Aber wenn Anna es unbedingt so will, dann müssen wir es auch akzeptieren.>>

Hans setzt nach ein paar Sekunden fort, <<Und ich rate dir dringend, niemanden von dem zu erzählen, was Jürgen und Anna miteinander machen. Vor allem nicht Thomas. Wenn er davon erfährt, was Jürgen mit seiner Tochter macht, dann ist wirklich die Hölle los.>> <<Ich werde es eh niemanden sagen.>>

Nachdem Pauls Eltern seit einer halben Minute nicht mehr über dieses Thema reden, kommt Paul runter ins Wohnzimmer und fragt, <<Worüber habt ihr gesprochen?>>

Linda antwortet, <<Ich habe über Schüler geredet, die zu faul zum Lernen sind, und bei denen dann die Eltern unbedingt wollen, dass ihre Kinder trotzdem von mir durchgelassen werden.>> <<Und worüber noch?>> Linda denkt nach und antwortet, <<Sonst über nichts.>> <<So ein Blödsinn. Ihr habt über mich, Maria, Jürgen und Anna geredet.>> Paul setzt nach ein paar Sekunden fort, <<Wie kommt ihr überhaupt darauf, dass ich durch SM magersüchtig werden kann?>> Linda antwortet, <<Weil manche Menschen lauter solcher verrückten Sachen beim SM machen.>> <<Ja. Ja. Ich habe mitgehört, was du über Jürgen und Anna gesagt hast. Gib gefälligst zu, dass du das Gespräch zwischen mir und Jürgen mitverfolgt

189

hast.>> Linda denkt nach und antwortet, <<Ich habe kein Gespräch von dir mit wem anders mitverfolgt.>> <<Du hast gesagt, dass das zwischen Jürgen und Anna schlimmer ist, als das zwischen mir und Maria. Also hör auf zu lügen.>> <<Das habe ich nicht gesagt.>>

<<Es ist echt schlimm, dass du mich andauern verfolgst und dich in mein Leben einmischt. Gerade in so einem Fall kann es ganz übel werden. Hans hat auch schon gesagt, dass die Hölle los sein wird, wenn du es Thomas erzählst, und dass du es generell niemanden erzählen solltest.>> <<Ja. Ich erzähle es niemanden.>>

<<Und hör endlich auf, mir nachzuspionieren. Es geht dich nichts an. Wenn Anna und Jürgen davon erfahren, dass du sie ausspionierst, dann werden sie sauer. Vielleicht werden wir deinetwegen vom Jürgen Prügel ernten. Wie du sicherlich weißt, ist er nicht der friedlichste Mensch. Thomas natürlich auch nicht.>>

Hans sagt zu Linda, <<Kannst du nicht endlich damit aufhören, andere Leute auszuspionieren? Wir werden wegen dir Probleme kriegen. Vielleicht verstehst du es endlich, wenn es zu spät.>> Paul meint, <<Wenn Maria wieder da ist, werden wir nicht über dieses Thema reden.>> Hans antwortet, <<Das würde ich auch sagen.>> Linda fragt Paul, <<Gefällt dir das, wenn Maria dich während deines Studiums gewalttätig prüft?>> Paul antwortet, <<Ja.>> <<Aber ist sowas denn nicht unangenehm?>> <<Ja. Es ist aber auch geil und motivierend.>>

Am späten Abend hat sich Paul inzwischen wieder etwas vom Stress mit seiner Mutter und Jürgen erholt. Linda empfindet zurzeit Hass auf Jürgen. Paul hat sich vorgenommen, einen ähnlichen SM-Auftritt wie bei Anna mit seiner eigentlichen Frau Maria durchzuführen. Nur dass Maria ungefähr denselben Bodymaßindex hat wie Paul. Maria trägt einen Pulli mit Ausschnitt und einen weißen Rock. Paul fragt Maria, <<Möchtest du mit mir wieder was Sexuelles praktifizieren?>> Maria antwortet, <<Ja. Möchtest du was vorschlagen?>> Paul weist Maria in sein Schlafzimmer hin. Paul setzt fort, <<Als nächstes solltest du das Lacklederkleid und die Stiefel anziehen.>> <<Okay. Ich bin schon gespannt.>> Maria zieht ihr anderes Outfit aus und befolgt Pauls Anweisung. Paul zieht alles aus und legt sich in sein Bett. Als nächstes befolgt Maria Pauls Anweisung, die beiden Handschellen zu holen. Paul sagt, <<Versuche mit den beiden Handschellen, meine Arme und Beine ans Bett zu fesseln. Ich werde versuchen, mich dagegen zu wehren.>> Maria ergreift mit ihrer rechten Hand Pauls linken Arm und legt dort mit ihrer linken Hand eine Handschelle an. Paul versucht sich dagegen zu wehren, die andere Hand in die andere Handschelle reinzubekommen und scheitert dabei. Seine Arme sind nun ans Bett gebunden. Paul erkennt, dass Maria viel stärker ist als Anna.

Paul hat überhaupt keine Chance, sich gegen Maria zu wehren und denkt, *Solche Powerfrauen sind ziemlich kräftig, wenn man sie nicht aushungern lässt, und deswegen finde ich Maria auch sehr sexy.* Maria legt ihre Beine um Paul Beine und fesselt mit den anderen Handschellen seine Füße ans Bett. Paul denkt, *Aber so jemandem Abgemagerten wie Anna hilflos ausgeliefert zu sein, ist natürlich auch geil. Aber ich gehöre natürlich Maria. Ich werde nur sie ficken.* Maria sagt zu Paul, <<Du bist jetzt sicher gespannt, was ich mit dir vorhabe. Von da mache ich weiter.>> Maria kitzelt Paul im Rumpfbereich. Nach einigen Sekunden sagt Paul, <<Moment! Aufhören!>> Maria stoppt das Kitzeln und meint, <<Ich kann mit dir machen, was ich will, und du kannst mich an nichts hindern.>> <<Eigentlich ist das eine Strafe. Sowas sollte nur dann ausgeführt werden, wenn ich bei deiner Nachhilfe irgendwas falsch beantworte.>> <<Aso. Das werde ich bestimmen.>> Maria kitzelt Paul weiter. Einige Sekunden später hören Paul und Maria Sexgeräusche aus dem Zimmer von Pauls Eltern. Maria stoppt das Kitzeln und meint, <<Na gut. Wir sollten stattdessen mit dem Vögeln weitermachen.>> <<Nein. Nicht wenn meine Eltern nebenbei zu hören sind. Das ist für mich störend.>> <<Na gut. Dann machen wir mit dem Kitzeln weiter.>> <<Ist schon gut. Dann vögeln wir eben. Aber sachte. Sonst kann mein Penis nicht mehr hart bleiben.>> <<Ich passe schon auf.>> Maria fickt Paul für ein paar Minuten.

Paul denkt nebenbei, *Thomas hat echt durchgeknallte Schönheiten als Töchter. Anscheinend ist mein früherer Lehrer doch für etwas gut, wenn er sowas in die Welt setzt.* Etwas später kann Pauls Penis nicht mehr hart werden. Kurze Zeit später ist auch im Nebenzimmer nichts mehr vom Sex von Pauls Eltern zu hören. Maria entfesselt Paul und meint, <<War doch toll Sex zu haben, während es auch deine Eltern miteinander treiben.>> Paul antwortet, <<Okay. Es war doch nicht so übel.>> Maria zieht ihr lackiertes Kleid wieder aus und stattdessen ihren weißen Rock wieder an. Danach hat sie außer ihrem Rock und ihrer Unterhose nichts an. Paul hingegen zieht seinen Pyjama an. Anschließend schlafen beide.

Paul sieht in der Wohnung seiner Eltern Maria und Anna in ihren lackierten Kleidern. Paul sagt zu den beiden, <<Ihr seht wahnsinnig sexy aus und ihr seid sexbesessen.>> Anna kommt auf Paul zu und sagt, <<Lasst uns ficken.>> Sie zieht ihm die Hose und zugleich Unterhose runter und Paul sagt, <<Nein! Lass das.>> Dann steckt sie Pauls Schwanz schnell in ihre Vagina rein. Paul versucht sich von Anna zu lösen und bekommt es nicht hin. Paul erwacht aus diesem Traum mit einem Ständer. Paul ist froh, dass das nur ein Traum war. Aber es passt ihm auch nicht, von Anna in seinen Träumen sexuell angegangen zu werden.

Paul verbringt seine Tage auch weiterhin damit, fleißig für sein Studium zu lernen, da Marias SM-artige Nachhilfe ihn motiviert. Er schreibt bei seinen Tests auch weiterhin positive Noten und bekommt dafür von seinen Angehörigen Lob. Freizeit gönnt er sich wieder, wie in alten Zeiten seines Studiums, wenig. Aber wenn er Freizeit hat, dann nutzt er sie z.B. intensiv für erotische Abenteuer mit seiner Freundin, da es Paul doch noch gelungen ist, seine Beziehung zu retten. Aber es ist dennoch die Sorge da, dass irgendwas vom Kartenhaus einstürzen könnte. Vor allem wegen Pauls besorgter Mutter Linda. Das Verhältnis zwischen Paul und Thomas sieht jedoch passabel aus. Maria und Anna haben all ihre Hosen an andere Leute verschenkt, weil sie nur mehr Röcke und Kleider tragen wollen. Anna hat sich neue

Klamotten gekauft für ihre neue Figur und ist stolz darauf, hier reinzupassen. Jürgen überwacht mit Strenge, ob Anna unter 48 Kilo bleibt, um auch weiterhin in ihre neuen Outfits reinzupassen.

In der Vorweihnachtszeit ist es draußen bereits sehr kalt. Trotzdem überprüfen Paul und Jürgen, ob ihre Frauen hosenartige Sachen um ihre Beine als Kälteschutz tragen. Maria und Anna sind aber beim Laufen immer mit Stiefeln und Röcken bekleidet. Ihre Beine ziehen sie, wenn überhaupt, mit Damenstrümpfen über. Für Anna war es zu Beginn etwas schwierig, so zu sporteln. Aber sie konnte sich daran gewöhnen. Die beiden wurden darauf nicht oft von Fremden angesprochen und kamen dann meistens mit der Ausrede, dass sie wegen der Kälte Stiefel statt der Sportschuhe trögen. Beim Radfahren tragen die beiden manchmal auch ein Kleid, weil sie manchmal auch andere Frauen so sehen. Die beiden Damen haben sich auch darangehalten, immer geschminkt und parfümiert zu sein. Sie haben aber von ihren Männern zumindest die Erlaubnis bekommen, draußen eine Jacke über ihren Brustausschnitt drüber zu ziehen. Aber in den Häusern muss bei ihnen immer ein Brustausschnitt zu sehen sein.

Jürgen und Paul überprüfen manchmal heimlich hinter ihren beiden Frauen oder aus irgendeinem Versteck, ob sie sich an den Erotikkodex halten.

3 Tage nach Heilig Abend geht Paul in der Wohnung seiner Eltern runter ins Wohnzimmer. Dort hat er etwas anzukündigen, <<Ich habe einen Anruf von Anna bekommen. Thomas hat Jürgen attackiert, weil du Thomas erzählt hast, dass Jürgen Anna mit Gürtelschlägen auf den Po zum Abnehmen antreibt. Thomas ist komplett ausgerastet. Er hat Jürgen davor auch beschimpft. Das hast du wirklich toll gemacht. Du sorgst so richtig für Stimmung.>>

Linda meint, <<Pauli! Es wird ja wohl verständlich sein, dass ich sowas Annas Vater erzählen muss. Jürgen ist krank. Er glaubt, dass er jeden noch so perversen Dreck mit Anna machen kann.>> <<Mama! Das ist SM und das ist alles freiwillig! Jürgen wollte das nicht. Anna hat ihn dazu gedrängt, dass er ihr sowas antut. Kapier es doch endlich.>> <<Ich kapiere mehr als du. Ich weiß sogar, dass Anna gar nicht mehr weiß, was sie will, weil sie durch Jürgen komplett verstört ist.>> <<Gottes Willen! Hör bitte auf, solch einen Scheiß zu behaupten.>>

Hans meint energisch, <<Linda! Jetzt reicht es aber wirklich. Ich muss Paul wirklich recht geben. Du hast eindeutig den Bogen überspannt. Wegen deinen ganzen

Spionageaktionen und Hetzpredigen sorgst du für Chaos und Unruhe!>>

Linda antwortet hysterisch, <<Hallo! Bin ich etwa die Einzige, die gegen kranke SM-Praktiken ist. Ihr beide seid doch selber solche rücksichtslosen geilen Schweine, denen Anna scheißegal ist.>>

<<Linda! Hör auf. Wir finden das, was Jürgen mit Anna macht, auch nicht schön, und wir würden es doch auch nicht toll finden, wenn sie mit Brutalität in den Magerwahn getrieben wird.>> <<Aber du nimmst Jürgen in Schutz, weil du nicht willst, dass man etwas gegen seine Handlungen unternimmt. Du bist doch selber krank.>> Hans ist durch Lindas Sturheit und freches Verhalten sehr genervt und gibt ihr eine Ohrfeige. Linda antwortet, <<Spinnst du komplett? Wirst du jetzt etwa auch zu so einem aggressiven Perversen wie Jürgen?>>

<<Mich wirst du schon noch aggressiv erleben, wenn du nicht damit aufhörst, bei anderen Leuten Unruhe zu stiften. Gerade solche ebenfalls aggressiven Menschen wie Thomas solltest du nicht darauf ansprechen. Sonst wirst du selber das auch an deinem Leibe zu spüren bekommen.>>

Linda denkt, *Du wirst schon sehen, was du davon hast,* und meint, <<Du hast den Verstand verloren. Ich muss wohl vorerst hier verschwinden. Ich komme wieder, wenn du dich wieder eingekriegt hast.>> Linda packt ihre Sache und verlässt die Wohnung.

Am späten Abend fragt Maria Hans, <<Wo bleibt denn Linda so lange?>> Hans antwortet, <<Sie ist irgendwo hingefahren, um etwas zu erledigen. Ich weiß aber nicht, was sie macht.>>

Zu Silvester, 90 Minuten vor Neujahrsbeginn, hat Maria, Hans und Paul in der Wohnung von Hans und Linda etwas Neues zu verkünden, <<Meine Herren, ich habe euch etwas vorzuschlagen. Wie wäre es, wenn wir meinem Dad einen Überraschungsbesuch zu Silvester machen?>>

Hans denkt, *Vielleicht will Thomas jetzt seine Ruhe haben. Er ist nicht so in Stimmung wegen dem, was er von Linda erfahren hat. Aber andererseits kann ich jetzt Maria auch nicht erklären, warum das eine schlechte Idee wäre,* und meint, <<Das geht in Ordnung.>> Hans fährt Paul und Maria zu Thomas.

Maria sperrt mit ihrem Ersatzschlüssel die Wohnung ihres Vaters auf. In Thomas Wohnzimmer hören Hans, Paul und Maria Sexgeräusche aus Thomas Schlafzimmer. Die drei schleichen sich zu Thomas Schlafzimmertür hin. Die Frauenstimme klingt so wie die Stimme von Linda. Hans öffnet leise die Tür. Die drei Besucher sehen, dass Linda von Thomas gefickt wird. Linda erschrickt, und Thomas ist überrascht.

Bibliografische Information der Deutschen Nationalbibliothek: Die Deutsche Nationalbibliothek verzeichnet diese Publikation in der Deutschen Nationalbibliografie; detaillierte bibliografische Daten sind im Internet über dnb.d-nb.de abrufbar.

TWENTYSIX – der Self-Publishing-Verlag

Eine Kooperation zwischen der Verlagsgruppe Random House und BoD – Books on Demand

Herstellung und Verlag:

BoD – Books on Demand, Norderstedt

ISBN: 978-3-7407-6924-6